新潮文庫

笑うな

筒井康隆著

目次

笑うな

笑うな

友人で、電気器具の修理工で、電気製品の特許を四つ持っていて、独身の、斉田という男から電話があった。

「ちょっと、来てくれないか」彼は蚊の鳴くような声で、おずおずと、そういった。

「なんだ。どうかしたのか。何かあったのか」と、おれは訊《たず》ねた。

「うん。そのう」声がしばらく途切れた。どういおうかと考えているようだった。

「ま、来てくれたら話すよ」

遠慮がちな声だった。ふだんは、トポロジーとか特殊相対論とか反宇宙などについて、おれと大声で論争し、強引な論理を押しまくる男なのである。

「いそぐのかい」

「うん。いや、いそぐというほどではないんだが、もし暇なら、アノ、まあ、できればすぐに来てもらった方がありがたいんだが」

ますます遠慮がちな声になり、彼は非常にすまなそうな口調でそういった。彼に似つかわしくないその口調が、おれにはかえって、よほど大変なことが起ったのではないかと思われ、だからすぐに行くと返事をした。

大通りに面した彼の店へ入っていくと、彼は、やあといって、まぶしそうにおれの顔を眺め、店の隅の小さな応接セットを指した。その応接セットに、おれと斉田は向きあって腰をおろした。

「どうしたんだ。何があった」おれはタバコを出しながら、彼の言い出しにくそうな様子を見て、わざとさり気なくそういった。

「うん」斉田は、しばらくもじもじした。もみ手をし、机の表面を指さきでいじりまわし、あらぬ方を眺めたりした。「まあ、たいしたことじゃないんだが」

「だって、早くこいといったじゃないか」

「う、うん」斉田は、泣き笑いのような表情を浮かべ、はずかしくてたまらぬといった様子で、身もだえするようにからだをゆすった。それから、上眼遣いにおれの顔を見た。「あのう、実は」そこまでいってから、くすくす笑った。

笑うところを見ると、悪い事件が起ったわけではないらしい。しかし、なぜそんなにはずかしそうにするのか、おれにはさっぱりわからなかった。彼のこんな様子を見るのは、はじめてだった。

おれはいらいらしながらも彼につりこまれてクスクス笑った。「ナ、なんだよう。早く言えよ」

彼の顔は、まっ赤になっていた。「あの、マア、言うけどさ」また、クスクス笑い、おれをちらりと見て眼をそらし、さり気なくいった。「言うけど、笑うなよ」

「だって自分が笑っているじゃないか」おれは笑いながらいった。

「そうか。ま、まあいいや。あの」彼が照れているらしいことを、おれははじめて知った。

「なんだ」

「じつは、タイム・マシンを発明した」彼はあきらかに泣き笑いをしながら、そういった。

おれは、しばらく黙っていた。口を開こうとすると爆笑しそうだから黙っていたのである。だが、からだ中が小きざみにふるえ出すのを、斉田に悪いと思いながら、どうすることもできなかった。

斉田は、そんなおれの様子をちらと横眼で見て、照れ臭さのあまり、身も世もあらず身もだえた。「わ、わ、笑うなよ。な」

おれはとうとう、プッと吹き出した。

斉田は、泣き笑いの表情のまま、声をあげて笑い出した。「ワハハハハハ」

「ワハハハハハ」おれも声を出して笑った。

斉田はすぐに笑いやみ、いつまでも笑い続けそうな具合のおれを、やや悲しそうな眼で見た。

おれは、やっとのことで笑いを押さえ、吹き出しそうになるのをけんめいにこらえながら、訊ねた。「すまん。もういちど言ってくれ。なんだって」

斉田は照れて、掌《てのひら》で机の表面をごしごしこすりながらいった。「あの、タ、タ、タイム・マシンを発明」

「ワハハハハハ」おれは腹をかかえた。

「ワハハハハハ」斉田も、気ちがいのように笑いはじめた。

おれたちは身をよじり、からだを二つ折りにし、のけぞり、また身をよじって笑い続けた。ながい間、笑い続けた。

やっと、笑いながら喋《しゃべ》れる程度にまで笑いがおさまってきた。

おれはいった。「タイム・マシンを発明したのか」

斉田は答えた。「タイム・マシンを発明した」

おれたちは、また爆笑した。前以上に、気ちがいのように笑い続けた。ながい間、笑い続けた。

「馬鹿《ばか》だなあ」おれは、ヒーヒーいいながら痛む腹を押さえ、なおも顔を歪《ゆが》めて笑い続けた。「タイム・マシンを発明しやがった」

死ぬほど笑った末、おれは肩で息をしながら彼にいった。「で、それ、どこにあるんだ」

斉田は笑い続けながら、顎《あご》で天井を指した。天井裏のような感じの二階に、彼の仕事場があるのだ。斉田は立ちあがり、奥の間へ入って、二階への階段を登った。

おれも、彼のあとに続いた。仕事場の隅に、タイム・マシンがあった。

「これがタイム・マシンか」と、おれは訊ねた。

斉田はうなずいた。「うん。これ、タイム・マシンだ」

おれたちは、同時に爆笑した。機械を指さしては笑い、互いの顔を指さしては笑い、床にしゃがみこんで咳《せ》き込み、痛む腹を押さえながらまだ笑った。

「バ、バ、馬鹿だなあ」おれは咽喉《のど》をヒーヒーいわせて笑いながら、そういった。「どういう仕掛けなんだ。説明してくれ」

斉田も肩で息をしながら、照れて泣き笑いをし、それでもゆっくりとタイム・マシンに乗った。「乗ってみないか」

「うん」やっと笑いがおさまり、それでもまだクスクス笑いながらおれは斉田と並んでタイム・マシンに乗った。「さあ、説明してくれるんだろ」

「うん。それが、そのう」斉田がもじもじし、大照れに照れながら頭をかき、太い人さし指で、ダイヤルのひとつをはずかしそうに指しながら、蚊の鳴くような声を出した。「こ、このダイヤルがその、つまり、過去へ行く」

「ワハハハハハ」みなまで聞かず、おれはまた腹をかかえた。

「ワハハハハハ」斉田も、大きな口をあけて笑った。

おれたちは、タイム・マシンの上で身をよじり、笑いころげた。

斉田は笑いながら、やけくそのように、もうひとつのダイヤルを指した。「それからこれが、未来へ」

「ワハハハハハ」

「ワハハハハハ」

死ぬかと思うほど笑いころげ、やがておれたちはタイム・マシンの上で、笑い疲れて筋肉の弛緩《しかん》した、だらしない顔を見あわせた。

「死ぬかと思った」と、おれはいった。

「おれもだ」斉田はうなずいた。

「さっき、あんたが最初に、これを発明したことをおれに打ちあけた時は」おれはプッと吹き出した。「ケケ、傑作だったぞ」

斉田も、プッと吹き出した。しばらく、笑い続けた。

おれは、クスクス笑いながら彼に訊ねた。「どうだ。あれを見に行かないか」顎で、ダイヤルを指した。「こいつで、行けるんだろう」

「そうだな。見に行くか」斉田も、クスクス笑いながら同意した。

彼は、クスクス笑い続けながら、ダイヤルをほんの少しまわし、ボタンをひとつ、ぽんと押してから、おれにうなずいた。「さあ。おりよう」

「うん」

おれたちはタイム・マシンからおりて、床にべったりと腹をつけ、床板の隙間《すきま》から一階の店内をのぞいた。まだ、おれは来ていないようだった。斉田ひとりが、落ちつかぬ様子で店の中をぐるぐる歩きまわっていた。

「歩きまわってるぞ」

「おれだ」と、斉田がいった。

おれたちは、またもやプッと吹き出しそうになり、あわてて互いの口を掌で押さえた。眼をまん丸に見ひらき、からだだけで笑い続けた。

ふたたび一階をのぞいた。

おれがやってきた。

「やあ」と、斉田がいった。

おれと斉田が、店の隅の応接セットで向きあった。

「どうしたんだ。何があった」おれがタバコを出しながらいった。

「うん」斉田は机の表面をいじりまわした。「まあ、たいしたことじゃないんだが」

「だって、早くこいといったじゃないか」

「う、うん。あのう、実は」くすくす笑った。

「ナ、なんだよう。早く言えよ」

「あの、マア、言うけどさ、言うけど、笑うなよ」

「だって自分が笑っているじゃないか」

「そうか。ま、まあいいや。あの」

「なんだ」

「じつは、タイム・マシンを発明した」

「…………」

「わ、わ、笑うなよ。な」

「…………」

「ワハハハハハ」

「ワハハハハハ」

「…………」

「すまん。もういちど言ってくれ。なんだって」

「あの、タ、タ、タイム・マシンを発明」

「ワハハハハハ」

「ワハハハハハ」

「タイム・マシンを発明したのか」

「タイム・マシンを発明した」

「ワハハハハハ」

「ワハハハハハ」

「馬鹿だなあ。ワハハハハハ。タイム・マシンを発明しやがった」

「ワハハハハハ」

「ワハハハハハ」

　おれたちは声を出して笑うことができず、二階の床の上で自分の口を押さえ、身をよじってのたうちまわった。

傷ついたのは誰の心

それは新婚二年めの夏のことでした。

その日、わたしが家に戻ってくると、四畳半の茶の間で、妻が警官から強姦《ごうかん》をされていました。

その警官というのは、街道に面した、両替事務所の隣にある派出所の、顔見知りの警官だったのです。

妻は警官に、畳の上へ仰向《あおむ》きに押し倒されて、はあはあと、苦しげに息をしていました。警官も、赤い顔をして、ふうふうと息をはずませていました。

わたしは、ふたりの横にすわり、警官と妻の顔をかわるがわるのぞきこみながら、言いました。「警官ともあろう人が、そういうことをしては、いけないのでは、ありませんか」

「なぜです」と、警官はいいました。「あなたの奥さんは若くてきれいで、だからわたしは好きです。だから、しているのです」
「でもそれは、強姦です」わたしは畳を爪《つめ》で掻《か》きながら、言いました。「ですから
やっぱり、そういうことをしてはいけないのです」
「強姦かどうか、あなたには、わからないはずです」警官は、大きな尻《しり》を揺すりな
がらいいました。「強姦ではないかもしれないではありませんか」
その時です。妻が大きくあえいで叫びました。「やめて。やめて」
「ごらんなさい」わたしはにっこり笑い、妻を指しながら警官にいいました。「や
めてくれといっています。ですからこれは、強姦なのです。わかりましたか」
「そうではありません」警官は、のどをぜいぜいいわせながら、かぶりを振りまし
た。「これは、してほしくなかったという意味ではないのです。堪能《たんのう》して、これ以
上されると死ぬから、もうやめてくれといっているのです。わかりましたか」
「いいえ。そうではないのです」わたしは自信に満ちた笑みを浮かべていいました。
「なぜかというと、妻は、している時に声を出すような、はしたない女ではなかっ
たからです」
「それでは、今、だしぬけに、はしたなくなったのです」警官は悪のりして、ここ

を先途とあばれながら答えました。「相手があなたでは、ぜんぜん、はしたなくなれなかったということも、いえましょう」

わたしはたいへん、傷つきました。それ以上、ふたりに眼を向けていることができなくなってきましたので、わたしは警官のからだに手をかけ、ゆすりながらいいました。「なるほど。たしかに、あなたのおっしゃる通りかもしれません。しかし、この家の主人であるわたしが、家に戻ってきているのです。もう、そのようなことは、やめてください。わかりましたか」

「わたしのからだに、手をかけるな」と、警官はいいました。「邪魔をすれば、公務執行妨害で逮捕する。わかりましたか」

わたしは、たいへんおどろきました。「それは、公務ではないでしょう」

しかし警官は、かぶりを振りました。「いいや。わたしが制服を着ている間の、わたしの行動は、すべて公務なのです。あなたがたにしたって、わたしが制服を着ているのを見た時は、たとえわたしが私用を足していても、やっぱり公僕だと思うでしょう。それと同じです。わかりましたか」

わたしは、警官の腰から拳銃《けんじゅう》を抜いて、銃口を警官の顔に向けました。「やめないと、撃ちますよ」

「そんなことをすれば、たとえわたしが奥さんを、ほんとに強姦していたのだとしても、過剰防衛になるのですよ。しかも、そんなものを持っていれば、あなたは射殺されてもしかたがないのです。あなたは射殺されてもいいのですか」

わたしはしかたなく、拳銃を警官に返しました。「でもわたしは、これ以上、あなたがたの様子を見ていることができません。どうしたら、いいでしょう」

警官は、にっこりしてうなずきました。「いいことがあります。洗面所に、西洋剃刀《かみそり》がありましたね。あれを持っていらっしゃい。わかりましたか」

言われたとおり、おとなしく、わたしは洗面所へ行って、西洋剃刀を持って戻りました。

警官は、あいかわらずわたしの妻を組み伏せたまま、右手を出して、その西洋剃刀を受け取りました。

「眼を、大きく開いていてください」と、警官は、わたしに言いました。「ふさいでは、いけませんよ」

わたしは、眼を大きく開いていました。

警官は、左手でわたしの妻の腰を抱いたまま、右手をのばし、西洋剃刀の刃で、見ひらいたままのわたしの左の眼球を、スーッと横に切りました。

血が流れ、わたしの左の眼の前はまっ赤になりました。あまりの痛さに、わたしはじっとしていることができず、はだしのまま家を駈《か》け出て、となりの家の犬小屋を蹴《け》とばし、共同花壇に入って土を掘りかえし、近所の家のまわりをぐるぐる走りまわり、また家に戻ってきて、警官と妻の横にすわりました。

「さあ。こんどは右の眼ですよ」と、警官がいいました。

わたしは、はげしくかぶりを振りました。「もう、もう、あんな痛いことはいやです」

その時、妻がまた、大きな声を出しました。

警官は、わたしにうなずきかけました。「あなたの奥さんは、とてもいい人です。だから、わたしにください。そうすれば、あなたは奥さんと離婚できるんですよ。得をするとは思いませんか」

なるほど、そういわれてみれば、わたしはなんだか、とても得をするような気になってきて、思わず大きくうなずきました。「なるほど。では、そうしましょう」

そういった時、妻は、たいへん傷ついたような顔で、わたしを見ました。しかしもしかすると、その時に警官が、終ってしまったため、そんな顔をしたのかもしれません。

「終りました」と、警官がわたしに言いました。

「お前」わたしはすぐ、妻に訊《たず》ねました。「これは、もしかすると、強姦ではなかったのではないだろうか」

「強姦ではありません」妻は、はっきりとそう言いました。「なぜならわたしは、期待していたからです。でも、その期待は、みごとにはずれました」

妻は、強姦されたくせに、わざと、警官を傷つけるため、そういったのでしょうか。あるいは、そうではなかったのでしょうか。もしそうだったのなら、それは成功しました。警官は、ひどく傷つけられたような顔をしたのです。

「いちばん傷ついたのは、わたしだ」と、警官はいいました。「いつも、いつも、いちばん傷つくのは、決ってわたしなのだ。しかしこれは、まだ終っていません」

彼は、わたしに命令しました。「いっしょに、交番まで来てください。あなたはさっき、拳銃でわたしを撃とうとしましたね。そのことで、あなたを取り調べなければなりません」

わたしはしかたなく、風呂《ふろ》を沸かしておくよう妻に言いおいてから、警官といっしょに家の外へ出ました。

わたしの家から、街道へ出るには、けわしい岩だらけの崖《がけ》を、つたっておりなければなりません。なれていないため、ともすれば足をふみはずしそうになる警官に、わたしは何度も手をかしてやらねばなりませんでした。

派出所にはもうひとり、耳をぴくぴく動かす警官がいて、この警官もわたしの顔なじみです。

「どうしました」と、耳の警官が訊ねました。

わたしは耳の警官に、あったことを残らず話しました。

耳の警官は、ながいながい嘆息をして、哀れなものを見るようにわたしを眺めました。「それではあなたは、とても助かりませんよ。なぜならあなたは、となりの家の犬小屋を蹴とばし、こともあろうに、共同花壇に入って土を掘り返したからです」

そう言い捨てて耳の警官は、派出所を出て行きました。見まわりに出かけたのではなく、あきらかに席をはずしたのです。なぜなら彼は、潮風に向かって海のほうへ歩いて行ったからです。

あとに残った警官に、わたしは、おそるおそる訊ねました。「どうすれば、助かるのでしょうか」

警官はあべこべに、わたしに訊ね返してきました。「あなたはわたしを、愛することができますか」

「できます」わたしはきっぱりと、そう言いました。

警官は、すぐに制服を脱ぎ、裸になって、わたしに命令しました。「さあ。それならあなたも裸になりなさい。そしてわたしを、愛しなさい」

わたしはそれを、拒絶しました。なぜならそれは、愛しあうことではなかったからです。

警官は拳銃を出して、わたしの胸を撃ち抜きました。わたしは、血を流して倒れながら、やはりいちばん傷ついたのは、この警官だったのだな、と、そう思いました。

それは新婚二年めの夏のことでした。

悪魔を呼ぶ連中

「さあ。テーブルを正五角形に改造したかね」と、泣きそうな声で社長が訊《たず》ねた。

「いたしました」泣きそうな顔で常務が答えた。

「では隅に五本のローソクを立て、真ん中で火を燃やしたまえ」と、専務が半泣きのおろおろ声でいった。

「こんなことまでしなければ、会社の倒産を救えぬとはなさけない」社長はそういって、すすり泣いた。

「しかし、われわれの魂を悪魔に売らぬことには、三百五十人の従業員が餓《う》え、十五の下請会社がぶっ潰《つぶ》れるのです」常務はかぼそい声でいった。「この時代では、中小企業なんてものは、悪魔に魂でも売るよりほか繁栄の道はありません」

「そうです。一度は三人で、首を吊《つ》って死のうと誓いあったではありませんか」専務がわあわあ泣きながらいった。「われわれ三人はどうせ死んで地獄へ落ちます。

それならばいっそのこと、悪魔を呼び出し、われわれの魂を売って、多くの巻きぞえを食う人たちだけでも助けようではありませんか」

「その通りだ」社長は泣き叫んだ。「われわれ三人、ただ死んだだけでは多くの人を救えない。死ぬよりも辛《つら》いことだが、悪魔に魂を売るのだ」

「悪魔に魂を売るのだ」三人はいっせいに泣きわめいた。「売るのだ売るのだ」

「では、悪魔を呼び出す儀式をはじめよう。いつまで泣いていてもしかたがない。火は燃やしているか」と、社長が訊ねた。

「はい。燃えさかっています」と、常務が答えた。

「ではまず、これを燃やしなさい」

「はい。燃やします」

常務は、社長から渡された、トカゲの、からからに干《ひ》枯《から》びた死骸《しがい》を火中に投じた。

「次はこの、鶏の足だ」

「はい」

「次は、ニンニク」

「はい」

「次は猿の精液」

「はい」

「チキン・ラーメン」

「はい」

「三角定規」

「はい」

「エロ写真」

「はい」

「そして最後に」社長は、がたがた顫《ふる》えながら、三本の髪の毛を常務に手渡した。

「われわれ三人の頭髪だ」

「は、はいっ」常務もがたがた顫える指さきで髪の毛を受けとり、眼を閉じて、ぱっと火中に投げた。

ばさっ、と音がして、煙の中に人の姿が浮かびあがった。

「わしを呼びよせたのは何者ぞ」

人影は煙の中からあらわれ、大きな眼で三人を眺めまわして手に持ったナギナタを構え、そう叫んだ。

「べ、弁慶だ」社長が、腰を抜かさんばかりに驚いて叫んだ。

「おう。いかにも拙者、武蔵《むさし》坊《ぼう》弁慶。わしを呼んだのはそなたたちか。何用じゃ」

「とんでもありません」社長は叫んだ。「わたしたちは悪魔を呼ぼうとして」

「何、悪魔とな」弁慶は眼を剝《む》き、六方を踏んだ。「悪魔などは、わしが退治てくれるわ。安心せい」ナギナタをふりまわした。

「ひやっ。危い」三人は首をすくめた。

「弁慶が、われわれの苦境を救ってくれるとはとても思えません」首をすくめたままで、常務が社長にそうささやいた。「お引きとり願いましょう」

「まったくだ。そうしよう」社長はうなずいた。「悪魔を退治されては困る」

常務がバケツの水を火にかけると、たちまち弁慶の姿は消えうせた。

「どうして弁慶が出てきたのでしょう」と、専務が首をかしげた。

「燃やす順番を、間違えたのかもしれん」社長がいった。「順番を少し変えて、もう一度やってみよう」

順番を少し変えて、もう一度次つぎに火中へ投げ、最後に三人の頭髪を燃やすと、ふたたびばさっ、と音がして、煙の中に人影が立ちあがった。

「爾曹如何《じそういか》なる悩みもて我を呼びし乎《か》」

「キリストだ」常務がぶったまげて叫んだ。

「お引きとり願おう」社長がいった。「神様は、商売には不向きだ」

「まったくです。こんな聖人に商売を手伝ってもらったのでは、赤字がもっとふえます」専務が叫んだ。「それにこの人は貧乏人の味方だから、組合側に味方しますよ」

常務があわてふためいてバケツの水を火にぶちまけた。キリストは消えてしまった。

「神様と悪魔は親戚《しんせき》みたいなもんだ。神様が出たのだから悪魔だって出る筈《はず》だぞ」

社長はいった。「よし。あらゆる組合わせと順番で、何回でもやろう。そのうちには悪魔だって出てくるだろう。さいわい、材料はたくさん用意してある」

三人はさらに、順番を変え、量を加減し、時には余分の品物を手あたり次第に火へ投げこんで燃やし続けた。

何も出てこない時もあったし、過去の有名な人物や架空の怪人が出てくる時もあった。しかし出てきたのは巴御前《ともえごぜん》、鉄腕アトム、ベートーベン、孫悟空、天才バカボンの親父《おやじ》など、いずれも倒産を救って貰《もら》えそうにない人物ばかりである。同じ順番でやったため、二回出てきた人物もあった。最初からよく記憶しておかなかったため、すでに試みた組合わせを忘れてしまったのである。三人は、行きあたりばったりの順番で燃やし続ける以外に方法がなかった。そのうちに、猿の精液、トカゲの順で、材料が不足してきた。煙の中に人物があらわれることは、ごく稀《まれ》になった。

疲労と退屈で、社長がとうとう音をあげた。「なにも三人でやっている必要はないんだ。誰か一人がやり、あとの二人は寝ていればいい。悪魔が出たら起してくれればいいのだ」

「たしかにその通りです」と、専務がいった。「交代でやりましょう。最初は常務、君がやってくれたまえ」

社長と専務が寝てしまったので、常務はしかたなくひとりで儀式を続けた。

朝になり、社長と専務が眼を醒《さ》ましてみると、火はすっかり消えていて、常務は頭をかかえ、しきりに何ごとか、ぶつぶつ呟《つぶや》き続けていた。

「おい、どうした」社長と専務が、常務に訊ねた。「火を消しちまったらだめじゃないか。あれから、誰か出たかね」

眼をまっ赤にした常務が、顔をあげて答えた。「最初のうち、誰も出なかったのです。眠さをこらえて儀式を続けているうち、一度に大勢でてきました。ああ。ああ。なんてことだ。私はあの人たちを、悪魔じゃないと思って消してしまったのです。消してから、えらいことをしたと思いましたが、もうとりかえしはつきません。何と何を燃やしたか、どういう順番で燃やしたか、全部忘れてしまったのです。なにしろ夢うつつでやっていたもんですから」

「それで、いったい出てきた大勢というのは何者だったのだ」

「宝船に乗った七福神でした」

最初の混線

「もしもし。榎本さんですか」

「左様。こちら榎本でござるが」

「あのう、ぼく高木っていうんですけど、お嬢さん、おられますか」

「はて、お嬢様とは、どなたのことでござるか」

「美代ちゃん、じゃない、あの、美代子さんのことですけど」

「美代子様と申されるお嬢様は、こちらには居《お》られませぬが」

「えっ、そちら、榎本さんでしょう。榎本さんですね」

「左様。それがし、宮内《くない》省の榎本でござる」

「ええっ。いけねえ。宮内省なんかへかかっちゃった。あの、どうも失礼。番号を間違えたようです。も一度、かけなおします」

「もしもし」

「ああ、もしもし。こちら、宮内省の榎本」

「おかしいなあ。何回かけなおしても宮内省にかかっちまう。混線かなぁ」

「なに。混線と申されるか。混線とは即《すなわ》ち、電話機の線がもつれあい、違うところにかかることでござるかな」

「左様。あ、いけね。こっちまでへんなことばづかいになっちゃった」

「何を申される。怪しげなることばを使われるのは、そちらの方ではござらぬか。電話機を持っていられるほどのご身分で、そのように下卑なことばで話されるのは如何《いか》なるわけでござる」

「冗談じゃない。貧乏人だって電話ぐらい持っていますよ。だいいち、公衆電話ってものがあるじゃないですか」

「ははあ。公衆電話とは如何様なるものにござるか」

「どうも、いうことがいちいち変だね。まるで明治時代の人と話しているみたいだ」

「何を申される。今は明治の御代《みよ》ではないとでも申されるのか。たいていになされい」

「ええっ。まさか、まさかこの電話、時間的に混線したんじゃないだろうな。あの、ちょっと伺いますがねえ。じゃあ、そっちはほんとうに明治時代なんですか」

「左様。明治一〇年一二月二一日でござるぞ。そうではないとでも申されるのかな」

「あの、こっちは昭和四六年ですがね」

「はて、昭和という年号は記憶にないが」

「ひやぁ。いよいよ本物だ。昭和というのは明治の未来にあたるんですよ」

「なに。では未来の世界から電話がかかってきたのか。いや、そのような奇っ怪な」

「だって、ほんとだからしかたがない」

「ううむ。これは何ともはや奇っ怪至極。どのような原因でかくの如《ごと》き不可思議が」

「さあねえ。電話線がややこしく混線してそこに四次元的な位相学的効果が発生し、電話が時間を超越して過去の世界にかかってしまった、そうとしか思えませんね」

「なんのことか、さっぱりわからぬが」

「明治一〇年に、もう電話があったとは思わなかったな」

「うむ。電話機がわが日本に輸入されたのは今年のことじゃ。かの有名なアレキサンダァ・グラハム・ベル氏が電話機を発明されたのは昨年のことでござる。ベル氏はその後米国より漫遊のため来朝され、電話機はかく日本に伝えられたのじゃが」

「へえ。そんなに早く輸入されたとは思いませんでした。すると、最初に電話機を取りつけられたところが宮内省なのですか」

「左様でござる。宮内省においては、さっそく工部省伝話電信機を架せられ、実験を……あっ。そうじゃ」

「どうしました」

「なるほど。混線したのならば、未来の世界よりかかってくるのも当然」

「はあ。どうしてですか」

「電話機は現在、日本にはこれ一台しかござらぬ。どこからもかかってくるわけがない」

遠泳

ドーン、と、太鼓が鳴った。太鼓は、ほぼ正確に、五秒にひとつ鳴らされた。

「もう、何キロくらい泳いだかな」と、伝馬船の上で教官がいった。

ドーン、と、太鼓が鳴った。

「岬を出発して、湾を横断し、燈台《とうだい》の三キロ沖まで出て引き返したのですから、もう十キロは泳いでいます」と、助手が答えてまた太鼓を叩《たた》いた。

ドーン。

「落伍者《らくご》は、ひとりもなかったな」教官は眼を細め、伝馬船の前を泳いでいく生徒たちを眺めた。「たいしたもんだ」

「まったくです」と、助手もうなずいた。

ドーン、と、太鼓が鳴った。

「この分じゃ、県の遠泳大会は、今年こそわが校が優勝するな」と教官が、二十人ばかりの水泳部員を指さしていった。「この二十人のいがぐり頭の、誰かが優勝するにちがいない」

ドーン、と、太鼓が鳴った。

太鼓が鳴ってから、次に鳴るまでの間、生徒たちは平泳ぎの手をふた搔《か》きするのである。規則正しいテンポだった。

ドーン、と、太鼓を鳴らし、助手が首をかしげた。「さあて、そいつはどうでしょうかね」

「なんだって」教官が、聞きとがめて助手を見た。「この程度じゃだめだっていうのかね」

ドーン、と、太鼓が鳴った。

「いいえ、もちろん、この程度に泳げたら、申し分ないのですがね」助手は、にやにや笑って答えた。

「おかしいことを言うじゃないか」教官が助手を睨《にら》みつけた。「今、この程度に泳げて、大会で泳げないということはあるまい」

ドーン、と、太鼓を鳴らし、助手は教官にいった。「いや、それは、わかりませんよ」

「ほう。なぜだい」

「県の遠泳大会では、こういう具合に、規則正しく太鼓をうって、はげましたりはしませんからね」

ドーン、と、太鼓が鳴った。

「なあんだ。そんなことか」教官は苦笑した。「太鼓が鳴るのと鳴らないとで、それほどの違いがあるとは思えないがね」

「いや。あると思いますね。わたしは」そういって助手は、ドーン、と、太鼓を鳴らした。

「太鼓が鳴っている限り、伝馬船がうしろにいることがわかり、そのために安心して、全力を出し切ることができる、と、そういうんだろう」と、教官がいった。

「それだけじゃありません」ドーン、と、太鼓を鳴らして助手がいった。「太鼓の音には、催眠効果があります。今泳いでいるこの生徒たちは、一種の催眠術にかかっているのです。催眠術にかかった人間というのは、体力の限界以上のことをやります」

ドーン、と、太鼓が鳴った。

「たとえば、一日中、片足で立っていたりすることも可能になってくるのです」

「そんな、馬鹿《ばか》なことが」教官が吐き捨てるようにいった。

「では、試してみましょうか」

助手は、太鼓を鳴らさなかった。

二十人の水泳部員は、たちまちそのまま、ぶくぶくと海中深く沈んでしまい、二度と浮かびあがってこなかった。

客

玄関で声がした。「ええ、ごめんくださいませ。わたしは、お客さんでございますが」

「わっ。お客さんだ」おれはとびあがった。

「あなた。お客さんよ」妻が、喜びのあまり柱にぶつかりながら台所から走り出てきた。

「ばんざあい。お客さんだ」六歳になる長男も、おどりあがって、電気スタンドを押し倒しながら玄関へ駈《か》け出た。

客は四十歳前後の愛嬌《あいきよう》のある男だった。

「さあ。どうぞ。こちらへどうぞ」おれたちは、手とり足とり彼をリビング・ルームへ案内した。「さあ。どうぞ。どうぞ」

「はい。はい。はい。はい。どうもどうも」

椅子《いす》に掛けると、彼はさっそくあいさつを始めた。「ええ、わたしはお客さんでございまして。ながいこと、ごぶさたを」

「いえ。いえ。いえ。こちらこそ」と、おれたちは叫んだ。「ほんとにごぶさたを」

「その節はいろいろと。本日はまことに、お日がらもよろしく、まことにご愁傷さまで」

「ほんとに、よくきてくださいました」妻は冷蔵庫のものを洗いざらい出して、もてなしはじめた。げらげら笑っていた。

「あっ。これは見事な壺《つぼ》で。いつお求めになりました。きっと数百万はするでしょう」客は置物台の上の壺を、げらげら笑いながら手にとって眺めた。

「いいえ。数千万円はします」と、おれもげらげら笑いながら答えた。

客は手をすべらせ、壺を床に落して壊してしまった。「あっ壊れました」彼はげらげら笑った。「でもきっと、保険をかけていらっしゃるのでしょうね」

おれは笑いころげた。「いいえ。そんなもの、かけていません」

「すばらしい。それはすばらしい。ではさっそく、保険の外交員を呼びましょう」

客はそう叫び、部屋の中のものをひっくり返しながら、電話の方へ近づいて行った。

長男もげらげら笑いながら、客のまねをして室内のものを壊しながら彼に続いた。「だめですわ」妻がわーっと泣き出した。「外交員なんか来てくれません。電話だけで用が足りてしまうんですもの」「おお。なんて冷たい世の中でしょう」客がおいおい泣き出した。「なんて冷たい時代でしょう」

おれたちは、おいおい泣いた。

客は約一時間、おれたちと楽しく遊んでくれた。とてもいい客だったので、おれは彼に十万円やることにした。

おれたちは客を見送り、部屋の外へ出た。客は踊るような足どりで、アパートの廊下を帰って行った。

アパートの廊下に面した他の部屋のドアは、いずれも閉ざされていた。それらのドアの中にどんな人たちが住んでいるのか、おれたちは知らない。

自動ピアノ

「これは、自動ピアノだ」と、課長が五人の課員に説明した。「パンチ・テープをこれにかけると、鍵盤《けんばん》が勝手に動いて音楽を奏《かな》でるというわけだ。そこでわしは、面白いことを思いついた」課長は、カードの束をとりあげて一同に見せた。「これは、わが社の社員全員の、コンピューター用パンチ・カードだ。このカードを自動ピアノにかけると、それぞれ違った十二小節の音楽が流れるのだ。そこで、事務の簡略化をはかるため、わがコンピューター課の課員である諸君に、社員それぞれのメロディーをおぼえてもらいたい」

「なるほど」全員がいった。「社員番号をおぼえるよりは、メロディーをおぼえる方が楽です。ずいぶん便利になります」

「では、順にかけていく。まず、わたしのカードだ」課長が自分のパンチ・カードを自動ピアノにかけた。

不協和音の多い、複雑なメロディーが十二小節続いた。

「複雑な性格の持主ほど、メロディーも複雑になる」と、課長が説明した。

つぎつぎと、各社員のカードがメロディー化された。いずれも複雑なメロディーで、複雑さは女子社員よりは男子社員、新人社員よりは中堅社員の方がはげしいという結果が出た。「では最後に、社長のカードをかける。重要なカードだから、メロディーをよくおぼえるように」課長は、社長のカードをかけた。

突如として、自動ピアノが安来節《やすぎぶし》を奏ではじめた。

正　義

彼は、けたはずれに強い正義感の持主だった。不正を見ると、だまっていることができないのだ。そんな性格が、彼に大勢の敵を作らせた。

しかし彼は、人から憎まれ、きらわれても、くじけなかった。自分を憎んだりきらったりする人間は、すべて悪いやつだ、と、彼は思っていた。「なぜならおれは、正しいことをしているのだからな」

そういう気持が彼に、大きな自信を持たせた。だから、自分を憎み、きらう者を、あべこべに、もっとはげしく、しかも堂々と憎み、きらった。彼はますますきらわれた。

争いが頂点に達したり、相手が自分にかかわりあうのをやめたりすると、彼は相手を必ず告訴した。彼は少なくとも三つ、四つの訴訟問題を常にかかえていた。自分が正しいと信じているから、示談は不可能だったし、正しい者が負けることはないと信じているから、争いはながびいた。

争いは争いを呼び、ついに彼の周囲には、彼の味方をする者が一人もいなくなってしまった。彼はますます怒り狂い、はりきってあらゆる人間を告訴した。「正義の味方であるおれを憎みきらうことが、すでに悪なのだ」

彼は裁判の最中、高血圧のため法廷で死んだ。死んでから、彼は天国へ行った。天国には、いい人しかいなかった。だれも、彼と争う者はいず、彼を憎まなかった。

彼にとってそれは、地獄の苦しみだった。

夫婦

デパートの人混みの中で、享子は夫の姿を発見した。夫の貞夫は、四年前に家を出たまま、享子の前から姿を消していたのである。

「あなた」

享子は、ひと眼もかまわず貞夫に呼びかけた。だが貞夫は、彼女の声も耳に入らぬ様子で、すたすたと階段の方へ歩いていく。

「あなた。あなたったら」

享子はけんめいに、貞夫を追った。今、夫を見失ったら、今度はどこで会えるかわからないと思い、彼女はいら立っていた。

貞夫は怪訝《けげん》そうに享子をふりかえり、髪ふり乱して追ってくる享子を、気ちがいを見る眼つきでちらと眺めてから、あわてて逃げはじめた。

どうして逃げるのかしら、と、享子は思った。わたしが、わからないのかしら。

記憶喪失症にでも、なっているのかしら。

階段を駈《か》けおりる夫を追おうとして、享子はつまずき、階段からころげ落ちた。ごろごろところがり、夫を巻きぞえにした。夫婦は踊り場まで転落した。

頭を強く打った貞夫は、あたりを見まわしてつぶやいた。「ここはどこだ。おれはなぜこんなところにいるんだ」

それから享子を見て、眼を丸くした。「おい。どうした。お前、享子じゃないか。しっかりしろ。おれだ。貞夫だよ」

眼をまわしていた享子がやっと気がつき、夫に訊《たず》ねた。「あなたはいったいどなた」

帰宅

彼は落ちぶれ、無一文で、二十年ぶりにわが家へ戻ってきた。

おそるおそる呼鈴を鳴らすと、玄関のドアが開き、彼の妻があらわれた。

「ああ。あなた。やっぱり帰ってきてくださったのですね」妻は彼を見て目を輝かせ、ひしと、彼にすがりついた。

「お前は、こんなわたしを許してくれるのかね。怒らないのかね」彼は涙を流しながら感激してそうたずねた。

「怒ってなんか、いるもんですか」妻も泣きながら、彼を家に入れた。「だってここは、あなたの家ですもの」

その時、ふたたび呼鈴が鳴った。彼はあわててドアのうしろに身をひそめた。彼の昔を知る人に、今の乞食《こじき》のような姿を、見られたくなかったのである。

妻が玄関のドアを開くと、そこにはふたりの男が立っていた。

妻は叫んだ。「ああ。あなた。やっぱり帰ってきてくださったのですか」そして片方の白衣の男にすがりついた。

「なるほど」と、白衣の男が、隣家の男にいった。「だいぶ、狂っていますな。誰にでも、こうなんですか」

「二十年前、ご主人に家出されて以来、少しおかしかったのですが」と、隣家の男が答えた。「最近、年のせいでますますひどくなってきたのです」

「なるほど。では、行きましょうか」

妻は叫びながら、ふたりの男に連れられて行った。

「怒ってなんか、いるもんですか。だってここは、あなたの家ですもの」

見　学

引率の教師が生徒にいった。「さ、皆さん、警官のおじさん達にお礼をいいましょう」

生徒たちが口ぐちにいった。「きょうはぼくたちの社会科の授業のため、親切に警察を案内してくださってありがとう」

「これからも、がんばってくださいね」

警官たちは笑顔で答えた。「はい、これからも社会のため、市民のため、皆さんがたの生活を守るためにも、おおいにはりきって仕事にはげみます。君たちも元気でね」

生徒たちが声をそろえた。「さようなら」

小学生の一団が帰っていくと、警官たちは肩をもみながらほっとため息をついた。

「やあれやれ。小うるせえがきどもの相手はまったく疲れるな。ピイチクさえずりやがってよう。頭がガンガンすらあ」

「まったくだ。暴力団のチンピラどもよりたちが悪いや」

署の建物を出た小学生たちは、がやがやとしゃべりはじめた。

「なあんでえ。警察なんていい加減なもんじゃねえか。警官だってチンピラだしよう」

「そうだともよ。ちっともこわくねえや。あれならこれからも、いくらだって万引やかっぱらいができるぜ」

「何やったって平気だよな。兄貴」

「いずれご厄介になるかもしれねえから、きょうはいい勉強になったぜ」

引率の教師がいった。「やいやい野郎共。ひよっ子の癖にきいた風な口ききやがると、ただじゃおかねえぞ。このおれなんぞは、はばかりながら前科六犯……」

特効薬

「ほんとにまあ、よくぞ発見してくださいましたな」社長が浮きうきとしていった。「ながい苦心の末あなたの完成なさったガンの特効薬は、わがナルP製薬で一手に製造し独占的に販売させていただく。これであなたもわが社も大もうけ……。おや、どうしました」社長は、若い薬学博士の顔をのぞきこんだ。「世界で最初にガンの特効薬を作ったというのに、なぜそんなにしょげ返ってるんです」

「じつは」と、薬学博士は力なく答えた。「ケチで頑固で、わたしの大きらいな父親が、ガンで死にかけているのです。ほっとけばあと一、二年で死ぬはずなのです。ところが不幸にもガンの薬を完成してしまった。当然、父親の寿命はのびてしまいます」

「ははあ。それで悲しそうな顔をしていたのですか」社長はしばらく考えこみ、やがてぽんと膝《ひざ》をたたいた。「わかりました。そういう事情なら製造と発売はしばらく延期することにしましょう」

「ほんとですか」薬学博士はぱっと顔を明るくして叫んだ。「助かります。莫大《ばくだい》な財産がころがりこみ、その上あのいやな父親からもいじめられずにすみます」

薬学博士が大喜びで帰っていったあと、社長はくすくす笑いながらひとりつぶやいた。

「うっかり忘れるところだった。わが社の会長もガンであと二、三年の寿命、女房もガンであと三、四年の寿命。製造をあと四、五年はのばさなきゃなるまい」

墜　落

あっと思う間もなく、彼は断崖《だんがい》から、足をすべらせて墜落した。観光用の見晴し台だから、まさかがけくずれなど起らないだろうと、つい油断して突出した岩の先端に立ったのがいけなかったのだ。

落ちながら下を見ると、海水が白くあわ立っている。しめた、下は水だ、と、彼は思ってやや安心した。泳ぎには自信がある。水面下に岩があっても、浅く潜って浮かびあがる技術を心得ている。彼は高飛込みの姿勢をとった。

だが、喜んだのもつかの間、打寄せている波がすうっと引くと、眼下には黒褐色の岩が一面にあらわれた。

彼の顔からも、すうっと血の気が引いた。

もうだめだ、と、彼は思った。

いや、待て、まだ、あきらめるのは早い。

おれが下へ落ちるまでに、ふたたび波が打寄せてくるかもしれないぞ。そうすれば、助かるのだ。彼はそう考え、とりあえず高飛込みの姿勢だけは、そのままに保っておくことにした。

案の定、波はまた打寄せ、彼の真下は大量の水で満たされた。だが、やれうれしと思ったとたん、すぐまた波は引きはじめた。

おかしい、と彼は思った。下へ落ちるのに、なぜこんなに時間がかかるのだ。

気がつくと、彼はがけの上から宙づりになっていた。いのち綱を腰に巻きつけておいたのを、すっかり忘れていたのである。

涙の対面

「視聴者の皆さまのご協力で、蒸発されていたお父さまが見つかりました」と、テレビの司会者が叫んだ。

不安そうに腰をおろしていた妻と娘が、スタジオにつれてこられた男を見て立ちあがると、叫びながら駈《か》け寄った。

「あなた」

「お父さま」

ふたりは父親にとりすがり、おいおい泣きはじめた。父親も泣いていた。

「ご連絡くださった全国の皆さま、ご協力ありがとうございました。お父さんも、もう二度と蒸発など、なさらないでください」

司会者のことばに、父親は泣きながらうなずいた。

対面番組が終り、家族三人はテレビ局を出た。

急に、今まで泣いていた妻が、だしぬけに鬼のような顔になって夫をぶん殴った。

「やい。こんどわたしたちから逃げ出しやがったら、承知しないからね」

娘も父親をぶん殴って叫んだ。「どこへ逃げたって、すぐ見つかるんだよ。わたしたちにはテレビ局がついているんだからね。わかったか、この野郎」

「よく、わかりました」父親はわあわあ泣きながらいった。「もう決して蒸発などいたしません。許して下さい」

父親の流していた涙だけが本物だった。いうまでもなく、悲しみの涙であった。

流　行

「いつまで寝てるのよ」

女房がそう叫び、寝ているおれの頭を足で蹴《け》とばした。おれはとび起きた。

「蹴とばさなくたって、いいじゃないか」

「おや、あんた、わたしに口ごたえしたわね。こうしてやる」

女房はいきなり、おれの口の端をつねりあげた。

「痛いいたい」

「痛いいたいじゃないわ。会社に遅れたらどうするのよ。あんたは、わたしと子供ふたり、合計三人を養わなきゃいけないのよ。楽して寝てられる身分じゃないのよっ」

女房はまた、おれの頭をぶん殴った。

「わかった。起きるよ。飯の支度をしてくれ。すぐ食べて出勤する」

「飯ですって。冗談じゃないわ。満足に朝ご飯を食べたかったら、もっと出世して、今の三倍くらいのサラリーを持って帰ってきなさい。何よなによ。そのふてくされた顔は」

ばあん、と、女房の平手が、おれの頬で鳴った。

「さあ。早く会社へ行きなさいっ」

「は、はい、はい、はい」

おれは泣きながら、空腹のまま身支度した。玄関で靴をはいていると、小学生の子供ふたりがやってきて、うしろから、おれの首をしめあげた。

「やい。帰りに酒なんか飲みやがったら、ただじゃおかねえからなっ」

下の子供が、スリッパでおれの頭をひっぱたいた。

「飲む金があったら、おれたちに、おみやげを買ってくるんだぞ。わかったかっ」

「は、はいはい、わ、わかりました」

百円のポケット・マネーさえもらえず、タバコを買う金も持たずおれはおいおい泣きながら会社へ出勤した。

その日、会社からの帰りに、ビルの屋上近くの電光ニュースを見て、おれは喜んだ。

「明日の流行――亭主関白」

「しめたぞ」と、おれは叫んだ。

次の日の朝、おれはとび起きるなり、女房と子供たちの頭を蹴とばして叫んだ。

「こらあ。起きねえか蛆虫《うじむし》めら。ご主人さまが起きてらっしゃるのだぞ、ゴクツブシめ。やい、餓鬼めら、とっとと学校へ失《う》せやがれやい。このくそばばあ、早くおれさまの朝飯の支度をしろっ」

「地史学における実証的な課題のひとつに、地層の研究があります」

博士は、自宅の応接室に集まった大勢の記者を前にして、自分の研究を発表しはじめた。

「しかるに、地層をしらべる方法として、現在までは、大自然の力によって、その断面が露出した部分を、わざわざ現地まで見学に出かけるか、あるいは、興味深い地層を示すだろうと思われる土地を発掘し、その地層をむき出しにする大がかりな方法がとられるか、このどちらかの、非常に手数のかかる手段によって研究されていたのであります」

＊

博士夫人は飢えていた。

夫の松本博士は、日ごと夜ごと専門の地史学の研究に没頭し、彼女の飢えを、顧みようとはしなかった。

夫人は、飢えに悶《もだ》えた。彼女が愛情に飢えていることは誰も知らなかった。何億という資産家の相続者で、はた目には、何不自由なくみえる彼女に、そんな苦しみがあろうなどとは、誰も考えなかったのである。その上、彼女は美しかった。いかに博士が謹厳な学究の徒であろうと、そんなに美しい夫人を毎夜ひとりでほうっておくなどとは、考えるものさえいなかった。

＊

「さて、このことが地層の研究を困難にし、地史学の進歩を大きくはばんでいた問題でありました。そこで私は、いかにすれば簡単な方法で、いかに困難な場所であろうとも、そこの地層をはっきりと観察することができるだろうかと考え続けてきました。専門外の機械工学・電気工学・電子物理学等々の研究も、ただこの問題をいかにして解決するかの目的のためでありました。そして今日、ここに記者諸君をお招きしましたのは、その私の長年の研究が、ついにこの問題を解決する段階に達したからであります」

＊

やがて博士夫人には情夫ができた。

彼女は至極やすやすと夫の目を盗み、日夜愛欲の世界に溺《おぼ》れた。だが、その楽しみも長くは続かなかった。温室育ちで世間知らずの彼女にも、自分の情夫が、彼女の財産めあてで自分に近づいたのだということがわかってきた。

ある日、二枚め気どりの情夫が彼女の黒い髪をなでながらささやいた。

「ねえ、君、ご主人と離婚しろよ。そして僕と結婚しよう」

「そんなこと、できないわ」

「ほう、すると君はまだご主人を愛してるんだね？　つまり僕は、なぐさみものにされたわけか。いいよ。それなら僕は、何もかも洗いざらい、ご主人にぶちまけてやるから」

脅迫されて夫人の心は決った。彼女は情夫を毒殺した。

＊

「私はまず、ある鉱物に光をあてたとき、その光が当っている間だけその鉱物固有の光を発することに思い当ったのであります。これを蛍光《けいこう》と呼び、鉱物の中にはこの蛍光を発するものがかなりあります。もちろん、その原因や色彩もさまざまです。たとえば灰重石（$CaWO_4$）は紫外線によって青白く光り、方解石（$CaCO_3$）も遷《せん》移《い》元素のイオンが紫外線によって光ります。そこで私はこれらのすべてを統一、再調整し、色彩の再生をし、さらに新しい二三四種の光線を組みあわせた結果、あらゆる物質に作用する、強力な透視光線を発明しました」

＊

博士夫人は飢えていた。

夫人は飢えに悶えた果てに、次々と情夫を作った。だが、男という男は、ある程度彼女に近づくまでは彼女の美しさに惹《ひ》かれているのだが、ある一線を過ぎるや否《いな》や彼女の莫大《ばくだい》な財産に眼をつけるのだ。そして彼女の耳に博士と別れろと囁《ささや》く。彼女は拒絶する、そこで脅迫、最後に毒殺、という順序になるのだった。

＊

「そこで、この光線を平面的に、かつ地面に対して垂直に照射しますと、その部分の地層が断面として、ここにありますこのスクリーンに再生されて映し出されるのであります。さて、これからお眼にかけますのは、光線をある地面にあてて照射したもので、このスイッチをひねりますと、現場に設置された機械から光線が……」

＊

博士夫人は毒殺した情夫を次々と庭の水のない古井戸に捨てた。捨てては土で覆《おお》ったので、井戸の底は次第にせりあがった。井戸が完全に埋まったころには、もう何十人の男を殺したのか、博士夫人にも思い出せなくなっていた。

＊

博士は、自宅の庭にセットした機械を見せてから、大勢の記者の前でスイッチをひねった。

壁いっぱいに張られた巨大なスクリーンには、古井戸の断面が、なまなましい原色で大きく映し出された。

廃《はい》墟《きょ》

その灰色の重い天と、荒涼としてどこまでも続く地の間。そこに生あるものといえば、かれら四人と、少しばかりの虫けらと、黒く焼けこげてか細く、まばらにはえている雑草だけだった。

虫たちのほとんどは地中に潜んでいた。ほんのときたま、数匹が顔をのぞかせ、おぼつかぬ足どりで、よろよろと地上をはいまわるだけだった。

かれらが物ごころついた時からずっと、かれらは四人だけだった。かれらがいつどうしてこの地上にあらわれたのか、そしてまたこのような生活を、いつから始めたのか、かれらの中で知っているものは、ひとりもなかった。

地上は黒かった。ビルも、住宅も、緑の芝生も今はなく、ただでこぼことして形をわずかに残したまま、黒土の平野の一部に溶けこんでしまっていた。土は乾いていた。日の出るほうには沙漠《さばく》と丘陵が、日の沈むほうには山があった。かれら四人は、土地がその部分だけ沈下したような、岩石の多い谷間の底で暮していた。谷間の岩かげには、放射能を浴びた赤茶色の雑草が、首をすくめたような恰好《かっこう》で、あちらに四本、こちらに二本と、ごくまばらに息づいていた。

ミネラル・グレーの空に、はてしなくひろがった濃淡のだんだら模様。一日のほとんどは、雲が頭上をおおっていた。どす黒い雲だった。無気味に静まり返った地上に影を落し、雲はゆっくりと南へ向かっていた。太陽は、一日のうち、ほんの少し、雲の間から二、三条の光を土の上に投げかけるだけであった。それさえ、この低い谷間には、めったに注がれることがなかったのである。

チルは、崖下の洞窟《どうくつ》の中でマアと一緒に暮していた。二人が一緒に暮すようになる前から、チルはマアが好きだった。その丸く黒い瞳《ひとみ》、白い額、細い鼻、かわいく小さい手足が、チルにはすべて美しく思えた。ある夜、久しぶりに出た星のあかりに、たまらない心の寂しさを覚え、あまりにマアがかわいく思えたので、チルはマアを抱きしめたのだった。その時以来、マアはチルの洞窟へやってきた。そして一緒に暮しはじめたのである。

ガルも、同じようにして、ちょうど向きあっている崖下のもうひとつの洞窟で、ムウと一緒に暮していた。

チルとガルとは、毎日のように谷間を出て、遠くまで食物を捜しに出かけた。食物は、やわらかな虫と、まだ茶色くならない緑の草の芽だった。その間、マアとムウは、それぞれの洞窟の中で、乾《ほ》した枯草をつづりあわせて、冬の衣を作るのだ。いつからそんなふうに、めいめいの役割がきまってしまったのか、だれもおぼえてはいなかった。きっと、チルとガルが大きくて力も強く、マアとムウが小さくてか細いからそんなふうになってしまったのに違いなかった。食物を捜して歩くのはつらかった。その上、悪い虫に刺される危険もあった。

地上はどこまでいっても、焼け焦《こ》げたような色の土と、枯れた雑草ばかりだった。山を登り山をくだり、丘を越え、沙漠を渡っても、その先はずっと黒い土のつらなりであった。それらは見わたす限りの地平線を越えて、ひろがり続けているはずであった。黒い土が、丘をつくり谷をなし、灰色の北風に起伏をならされながら、どこまでもどこまでも、ひろがり続けているはずであった。

チルは枯草の中から、芽を出している緑の部分をさがしまわってつみとり、ガルは土を掘って、食べられそうな虫をもとめた。虫の中には、手足の数の多いもの、少ないもの、ときには頭が二つあるものまであった。ガルはそんな虫を見ると、さすがに気味悪く、あわてて踏みつぶしてしまうのだった。

ある時、ガルがチルにたずねたことがあった。

「ムシ、イクラデモ、フエル。ワレワレ、ヒトリモ、フエナイ。ナゼカ？」

チルは答えた。

「ムシ、タマゴウム。ワレワレ、タマゴウマナイ。ワレワレフエナイ」

「タマゴ、イツ、ウムカ？　ダレガ、ウムカ？　ドウシテ、ウムカ？」

だが、それはチルにもわからなかった。ただ、あんなに下等で、無知な虫けらが卵を生んでいるのだから、自分たちにだって生めないはずはないということだけは、考えられた。

そしてまたあるとき、黒い平野の果てに、たくさんの灰色の石の巨塊が、いくつもいくつも、まるでくずれ落ちたかのように積重なっているのが見られた。人造大理石の破片でできた丘であった。滑らかさと純白を誇っていたその表面も今は黒く汚れ、大きく小さく砕けたまま、しどけない様子で、ただ積重なっているにすぎず、一本だけ立っている柱型は、むしりとられたような灰色の断面を見せていた。

それから、かつての軍需工場地帯――そこには土から突出て、空虚なボルトの穴越しに中空を見すえている赤さびた鉄骨があった。コンクリートの破片をいっぱいぶらさげた鉄筋が前衛彫刻のような奇妙な姿態を競いあい、くずれかかった耐火煉《れん》瓦《が》の塀が、腰を浮かせた影を焦土の上に落してうなだれていた。それらはチルやガルにとっては、小さな砂粒を集めてまぜあわせたような塊りにすぎなかったし、その割れめから、何本も何本も突出ている、赤いザラザラした粒にとりつかれた、細く堅い棒のようなものにすぎなかった。

また、堅く冷たく、キラキラと光る透明の板の破片が、石にまじってあたりに散らばっていた。それらはどれも、端のほうがまっ黒に焦げていたり、溶けかかって流れ落ちそうになっていたりした。チルとガルは、それらに、悪夢を見た時のような無気味さを感じた。帰ってから二人は、マアとムウにその話をした。マアとムウは恐怖にふるえ、おたがいに身体《からだ》をすりあわせたのだった。

焦げているといえば、かれら四人の身体には、それぞれどこかに火傷《やけど》のあとがあった。

チルは右足の外側一面に、マアは尻《しり》に、ムウは両腕に、そしてガルは、顔の右半分が焼けただれていた。それらのあとは、時がたつにつれて次第にひどくなっていくようだった。

そしていつか、長い長い時がたっていった。

雲がほとんど暗黒に近くなり、谷間の上に低く、そして重くたれこめるときは、音もなく雨が降った。だがそれは黒く汚れた雨であった。時には何日も降り続けることがあった。

雨が降り続けたあとでは、かれら四人に、はげしい頭痛が起った。額が熱くなり目に血の筋が浮かんだ。頭痛はガルに対してもっとも激しく襲った。ガルが大声でわめきながら、何もしていないムウをひどくなぐりつけたりするのも、たいていは、雨のあとだった。

暗く重苦しい生活の日々——。明るさはなかった。

そこにあるものはただ、静寂と、熱気と、黒い雨だけだった。

かれらは、やはり四人きりだった。

チルはただ、マアだけを愛して暮した。マアもまた、チルを愛することだけで生きていた。

だが、何か満たされぬ気持がそこにあった。なぜか心寂しかった。——なぜだろう。チルは考えた。だが、わからなかった。ガルも、同じような気持でいるらしかった。

そしてまた、長い長い時が過ぎていった。

もう、あたりに食べられそうな草はなかった。虫も、ほとんど絶えたらしく、土の上に動くものの影は、見られなくなっていた。

また、雨が降り出した。

今にやむか、今にやむかと晴れ間を待ち続けて、チルとマアは、洞窟の奥にじっとうずくまっていた。

貯《た》めてあった少しばかりの草も食べつくし、かれらは何日も、何ひとつ口にしていなかった。頭痛のことを考えると、外に出て雨にうたれるよりは、空腹のほうがまだよかったのである。

二人とも、やせこけていた。マアの目のふちは窪《くぼ》み、あお黒くなっていた。ガルやムウも、ひどくやせて、目だけを鋭く光らせていた。

やがてガルは、雨がやむのを待ちきれずに、とうとう食物を捜しに出かけた。ムウは、チルとマアのいる洞窟にやってきて、ガルの帰りを待った。

かれら三人は洞窟の奥で、肉の落ちた膝《ひざ》を抱き、じっとうずくまったまま、黙って雨の音に聞き入っていた。

チルは考えていた。

——この苦しみは、いったい何のためなんだろう？　われわれが、このような苦しみを受けなければならないほどの悪いことを、何かしたのだろうか。この世界はまるでわれわれに、早く死ねといっているみたいだ。そうだ。われわれがもっと生きていけるのなら、この世界にはもっと多数の人間がいるはずだし、われわれも、かれらに会っているはずだ。だが、誰にも会わない……。

——おれたちの生命、この、かけがえのないおれたちの生命を、どうしてくれるのだ！　おれたちは何のために生れてきたんだ！　滅びていくものの悲哀を、たっぷりと身にしみて味わうためか。そんなことはない！　そんな馬鹿《ばか》な、恐ろしいことが、あっていいはずはない！　この苦しみには何か意味があるはずなんだ！　だれかがそれを、おれたちに教えてくれるはずだ！

もちろんチルは、神という言葉を知らなかった。だが、もし神があるとすれば、その神は今こそかれらを滅ぼそうとしているのに違いなかった。神は非情ではなかった。慈悲ある神は、かれら以上に苦しむ、かれらの子孫のことを、考えることさえ苦痛だったに違いなかった。

やがて、身体中から雨水をしたたらせて、ガルが帰ってきた。ガルは、ムウの横に腰をおろすと、チルにいった。

「イマ、ワレワレト、オナジ、ニンゲン、ヒトリ、オカノウエニ、イタ。タオレテイタ。アメニ、ウタレテイタ」

チルはたずねた。

「ドンナ、ヤツダッタ？」

「カオガ、ゼンブ、ヤケテ、タダレテイタ。ワレワレヨリモ、ヤセテイタ。コトバ、ワカラナカッタ。テマネデ、ワレワレノ、ナカマニ、イレテクレト、タノンダ」

「ソレデ、ドウシタカ？」

「オッパラッタ。モウ、コノアタリ、クサモムシモ、ナイ。タベルモノ、モウ、ナンニモ、ナイ。アイツ、ビョウキ。シゴト、シナイ。タベルバカリ」

皆はうなずいた。ガルは、まるでだれかに許しを乞《こ》うているような口ぶりで、話し続けた。

「アイツ、チイサナ、カラダ。シゴト、ナニモデキナイ。マアヨリモ、ムウヨリモ、ズットズット、チイサナカラダ。キット、ビョウキダ」

チルも自分をなっとくさせるように、うなずいていった。

「オッパラッテ、ヨカッタ。ビョウキ、ワルイ。ミナニ、ウツル」

ガルは、なおも、しゃべり続けた。

「アイツ、イロガ、マッシロダッタ。ソレニ、オカシナコトガ、アッタ。アイツ、ワレワレ、ヨニンノヨウナ、ヒゲガナカッタ。タカイコエヲ、シテイタ。ソシテ、ムネガフクレテイタ」

マアとムウが、びっくりして叫び声をあげた。

「ソウナノダ。ムネノウエ、フタツ、プクント、オカシナカタチデ、フクレテイタ。アイツ、キット、ビョウキダ」

チルがたずねた。

「ドチラヘ、イッタカ?」

「オカ、コエテ、ヤマノホウヘ、イッタ。ナキナガラ、イッテ、シマッタ。ヨロヨロシテ、セナカ、マルクシテ、ヤマノカゲ、ミエナクナッタ。アイツ、シンデシマウカモ、シレナイ。キット、モウ、カエッテ、コナイダロウ」

かれら四人は、不安そうな表情で、おたがいの顔を見あわせた。四人とも、つれてきてやってもよかったのに、という気持になりかかっていた。しかし結局、彼らは彼女を追わなかった。

洞窟の外に降り続ける雨の音が、いっそう激しくなった。

ある罪悪感

人事係長の時田には、奇妙な咳《せき》ばらいをする癖があった。

自分でもいやな癖だと思い、周囲にいる人たちにも不快感をあたえるので、やめようと努力するのだが、意識すればするほど咽喉《のど》もとへ何かイガイガしたものがこみあげてきて咳ばらいをせずにいられなくなるのである。その衝動を無理に押し殺してじっと我慢していると、イガイガの塊りが咽喉の奥をこまかく上下しはじめ、神経を苛立《いらだ》たせる。やがて吐気がこみあげてきて、胸もとがムカムカし、呼吸が困難になる。重苦しいものがグッ、グッと口の中へ出そうになり、顎下腺《がっかせん》から苦い唾《だ》液《えき》が出てくる。たまらなくなってエヘンと咳ばらいをする。ひとつ咳ばらいをすると、イガイガの塊りがほとんど口の中へ出そうになったような気がして、続けて二度、三度、四度とやってしまう。あとはもう、半分やけくそのように、いつまでもエヘン、エヘンと何分も何十分も、時にはそれを中断させるような重要な外部的刺《し》戟《げき》がない限り、何時間でも続くのである。

重く苦しい咳ばらいなので、永く続けると周囲の人たちが心配そうに彼を眺める。それに気づくと彼は無理に押し殺して一時中断するが、ふたたび自分のしていた仕事に戻ったり他のことに考えを奪われると、無意識のうちにまたくり返しはじめる。やがて周囲の人たちは眉《まゆ》をひそめ、顔をしかめる。自分たちまで咽喉が痛くなってきたような気がしだすのである。中には時田の癖にひきこまれるように、咳ばらいをはじめる人もいた。

「呼吸器系のどこかが悪いのかな？」

耳鼻咽喉《いんこう》科の医者にも見て貰《もら》ったが、気管支に異常はなかった。煙草《たばこ》の吸い過ぎかと思って一時禁煙をしたり、コーヒーをやめたりしたが、効果はなかった。意志の力でせいいっぱいやめようと試みたが、駄目だった。

人事課に所属した時から、時田は直属上長である萩原課長を好かなかった。仕事の上でも意見の対立が多かったし、性格的にも、相容《あいい》れる余地は殆《ほとん》どなかった。時田の理論的でスピーディな仕事ぶりに比べ、萩原の無計画なロスの多いやり方は、しばしば大小のミスを生んだ。いったいうちの課長は、仕事に対して、確固とした考えを持っているのだろうか、いや、そもそも仕事に対して情熱を持っているのだろうかと、いつも時田は思うのだった。

萩原にしても、時田を快よく思っていないことはたしかだった。時田が萩原の命令や伝達事項に対して、不満や疑問や、反対などの意思表示をすると、彼は、丸いそして鈍重な濁った眼で、しばらく茫然《ぼうぜん》と時田を眺め、やがて口の両端の薄い無精《ぶしょう》髭《ひげ》をゆっくり上下させて薄笑いをし、ボソボソした声でいうのだった。

「そりゃあまあ、君には君のやり方があるだろうがね」

そして自分の意志だけは、のらりくらりしたやり方で、あくまで変えようとはしないのだった。

仕事がうまく行かなかったとき、それが萩原の命令通りにしたことであっても、しばしば時田はその責任を彼からうやむやのうちに被《かぶ》せられていた。時田の胸には、萩原課長への不満が鬱積《うっせき》していた。

ある日、人事課内で大きなミスがあった。時田は総務部長から直接責任を問われることになった。やはり萩原課長の連絡の不充分さから生れた失策であることが明らかになった時、時田は日ごろの萩原への不満を部長にぶちまけたのである。時田の遠縁にあたる部長は、日ごろから時田には好意を見せていた。彼は時田の訴えを、眉をしかめて聞いていたが、時田が話し終ってから、実は自分も萩原課長には不満があると打明け、親戚《しんせき》の気安さで、課長の欠点を並べ、信用していないことをほのめかし、課長の言動に疑問の点があれば、これからも直接、自分の処《ところ》まで報告にきてほしいとまで言って、時田に頼んだのである。

そんなことがあってからしばらくして、時田はふと、いつの間にかあの咳ばらいをするいやな癖から、自分が完全に解放されているのに気がついた。それはまったく突然に、跡かたもなくピッタリおさまっていたのだ。時田は驚き、それから喜んだ。苛立ちもなく、人に気を使う必要もなくなったのだ。自分の身体《からだ》が自分の意志のままになり、自由を得られたことの喜びが、しみじみと時田の心を満たした。恐らくそれは、時田でなければ理解できない喜びだったろう。

その後しばしば、時田は部長室へ出入りするようになった。萩原への不満が鬱積してムシャクシャしはじめると、部長にそれを洗いざらいぶちまけ、胸のモヤモヤを拭《ぬぐ》い去るのだ。それればかりでなく、時田の報告によって事故を未然に防ぐことが出来た時も二、三度あって、それ以来部長は真剣に相談に乗ってくれた。

「萩原君を何とかしなくちゃいかんな」

ときどき部長は、眉をしかめてそう呟《つぶや》くようになった。そうなると、時田も調子に乗って、ちょっとしたミスも針小棒大に誇張し、直接仕事には関係のない萩原の私生活の腐敗ぶりまでをも大袈裟《おおげさ》に暴露したりした。後で、少し言い過ぎたかなと後悔することもあったが、萩原のだらしない無精髭を前に見ると、そんな気持も飛んでしまい、この能なしめが、と思う怒りだけが、湧《わ》いてくるのだった。

やがて、又時田に新しい癖が出てきた。

自分でも気づかぬ間に、舌の先で口腔《こうこう》内の上蓋《じょうがい》に、何度も丸や三角やわけのわからぬ形を描いているのである。およそ二十分か三十分それを続け、気がついた時には舌のつけ根の筋が張って痛んでいる。やめようとするのだが、少し他のことに気をとられていると、再び舌の先が尖《とが》って動き出しているのである。

だんだんひどくなってくると、意識で舌先の動きを制御することができなくなってしまい、奥歯を嚙《か》みしめ、ぐっと前歯の内側に舌先を押しつけるのだが、すぐに又ピクピクと動き出し、際限なく、丸や三角を描きつづけるのだ。舌根の神経がピリピリと震え出し、痛みが口いっぱいに拡《ひろ》がり、頭にまで上ってくる。痙攣《けいれん》が激しくなり、口の中がカラカラになる程それが続くと、涙がこぼれ落ちる。それでも舌の動きは止まらないのだ。そんな時、誰かから突然話しかけられても、腫《ふく》れあがったようになっている舌がもつれて、返事をするのもせいいっぱいなのだった。下顎《したあご》までが痙攣にまきこまれ、一度は今にも顎がはずれるかと思えるほどの激しい痛みと震えがやってきたこともある。

彼はあわてて両手で机の両隅を摑《つか》み、四肢を力まかせにふんばって舌の動きをやっと止めたのだが、係員たちは時田のそんな様子に驚いて、あわてて彼の周囲に集まったくらいだった。

舌を動かして丸や三角を描く衝動が一時的に静まるのは、萩原課長のことに関して部長に報告をしている時だけといってもよかった。

ある日いつものように部長室で、特にはげしく課長の攻撃をはじめた時、部長がしきりに眼くばせをするので、時田はふと後をふり向いた。部屋へ入ってから一度も気がつかなかったのだが、ドアのすぐ横のキャビネットの前で、時田の部下の下村が書類の整理をしていた。時田は今朝方、部長からの頼みで、この部屋のキャビネットの整理を下村に命じたことを思い出した。それと同時に、下村が萩原課長の甥《おい》だったことを思い出してドキリとした。

下村が萩原課長の甥であることは別としても、時田は、以前からこの下村を好かなかった。青い下ぶくれの顔に、陰気な眼が引っこんでいて、ハキハキしたところのない男だった。

その場は何とか胡麻化《ごまか》したが、それ以後、急に下村が自分に敵意を持つようになったらしく感じられ、反動的に時田の下村に対する反感も増した。

決算時が近づいていた。当然下村に関する考課表の点数も、時田は悪くした。

ある時下村が伝票の処理を誤った。時田は少し激しく非難した。下村は、下ぶくれの顔に不満と憎悪《ぞうお》をみなぎらせて、逆に時田からの連絡が不充分だったことを述べたてた。思わずカッとした時田は、彼の言い分の正否を究明しようともせず、いきなり下村の青白く腫れた頰を平手で殴りつけた。下村は少し茫然としてから、それ以上何も言わず、ただ謝った。

その日から、時田の癖は又変った。

舌の動きはとまった。その代りに、衝動的に左手で右手首をピシャリと叩《たた》く癖がついてしまったのだ。

眼の前でいきなりそれをやられると、たいていの人はびっくりする。更にそれを続けざまに何度もやられると、ほとんどの人がじっと不思議そうに彼を見つめるのだ。

時田もばつが悪く、衝動的にピシャリとやった後、虫に噛まれたように見せかけるため、その部分をボリボリ搔《か》いて胡麻化した。その癖が出てくる時はいつも続けざまだったし、絶対に意識的に制御できないことも、今までの癖と同様だった。

制御できないままに、それが何度も続けて出てきた時には、右手首から先が、完全にしびれてしまうほどだった。彼はピシャリと叩いた後、しびれてだらんとした手首を宙にあげてブルブルと振るようになった。しまいには、それも癖の一部になってしまった。

その行為はちょうど、小さな子がいたずらをして、母親から叱られる前に、このお手々が悪いんだよというように自分でピシャリと手首を叩く様子に似ていた。

時田の会社にも不景気の波が押し寄せてきた。会社は、決算期が終り次第、大幅な人員整理を行うことを発表し、退職金を多く出すという条件で希望退職者を募ったりした。人事課では希望退職者は一人もなかった。しかし萩原課長と下村の勧告退職は、ほぼ内定していた。

人事課内では、どこからともなく、この二人の退職が時田係長の裏面工作の影響であるという噂《うわさ》が流れ出していた。

その頃、時田の癖は又変った。

手首を叩く癖がおさまって、首を激しく左右にブルンブルンと振る癖が起ったのである。

今までのどの癖よりも見っともないものだったので時田は非常に苦しんだ。電車の中などでブルンブルンやり出すと、周囲の人の眼が全部彼に集中した。時田はあわてて、さも首がこっているのだといわんばかりに、手で首の根もとを揉《も》んだり、トントンと肩を叩いたりして見せるのだが、続けざまに首を振る衝動が止まらない時など、もう、どうしようもなかった。

一度などは満員電車の中で隣の男の頭に激しく額をぶつけたこともあった。すさまじい形相で睨《にら》まれたが、それでもまだ頭を振りつづけていて、あやまることもできなかったのである。

そしてその日、部長が時田を呼んだ。

部長室へ入って行くと、部長は机上の一枚の紙を黙って時田の方へ差し出した。時田を人事課長に命じる辞令だった。

時田がその辞令を読み終えた途端、いままでのすべての癖がひとつ残らず、どっと一度にぶり返してきて、時田の全身を意のままにした。

それは際限なく続いた。

赤いライオン

暑かった。精神病医でさえ発狂しそうな暑さだ。

K大付属病院精神科のホシノ博士は、冷房のない診察室で、暑さにうだりながら、カルテの整理を終ってほっとひと息つき、窓の外を眺めた。

夏の日は乾いた舗道を照らし、街を行く若い女性たちは肌もあらわな軽装で、白いハイヒールを歩道に高く鳴らしながら歩いて行く。

「どうしてあんなに、肌を挑発的に露出するんだ。あんな恰好《かっこう》をしていちゃ、性犯罪の犠牲になっても、文句はいえまいに……」

ホシノ博士はつぶやいた。彼は三十三歳で、まだ独身。といっても、女性に興味がないわけではなく、適当な相手にめぐりあうことができなかったので、まだ結婚していないだけである。

「結局あれは、男を誘惑しようとしているんじゃないか。まじめな男にさえ、よからぬ考えを起させ、劣情を刺激しようとたくらんでいるんだ」

ブツブツいいながら博士は、この暑さでは自分さえ、いつあの若い女性たちの誘惑に負けることになるか、わからないぞと思った。博士はそうなったときの自分がこわかった。女性に、何をしでかすかわからない——そして、女性は、自分たちが誘惑しておいたくせに、いざそんなことになると、大げさに悲鳴をあげることだろう。自分が誘惑して狂気に追いやった犠牲者を、ほら、これがわたしの釣りあげた獲物なのよと誇示し、彼を衆目にさらすため、かん高い、けたたましい、裂帛《れっぱく》の悲鳴をあげるのだ。そしてまた公衆に、あるいは警官によって捕えられた彼に、悪口雑言をあびせかけることだろう。

「変質者！　野蛮人！　ゴリラ！　けだもの！」

ホシノ博士は身ぶるいした。「くわばら、くわばら」——そして、自分だけはそんな罠《わな》にはかかるまいぞと心に誓った。

しかし、暑かった。

古い扇風機のゴトゴトという音に眠気をさそわれ、ホシノ博士は居眠りをした。いつか彼はデスクの上に額を押しあて、いびきをかきはじめていた。

そして夢を見た。

ホシノ博士は、診察室の中で暑さにうだっていた。気の狂いそうな暑さだった。

「何だこれは」と、ホシノ博士は思った。「これは夢のはずじゃないか。夢を見るならもっと楽しい夢を見たらよさそうなものだ。なにも診察室の中で暑さにうだっているときに、診察室の中で暑さにうだっている夢を見なくたってよさそうなものじゃないか。――だが待てよ、この夢には何か意味があるのかもしれないな。たとえば、自分が現状に満足していて、進歩も発展もなくなり、みずから環境を変えようとしないのを、責めるとかいった意味が――」

夢の分析はホシノ博士の専門だ。だが、何しろ夢の中だから、考えがまとまりにくい。博士はあきらめて、現在見ている夢の分析を投げ出した。

「おじゃまいたします」

女の患者が、ドアをあけて入ってきた。若いが、婚期は少々逸しているらしい。まだ結婚はしていないらしかった。そういったことは、ホシノ博士は二、三秒の観察で判断してしまうのである。

「さあどうぞ」

ホシノ博士は椅子《いす》をさしていった。どうやらヒステリーの患者らしい。

だが待てよ——と、博士は思った。

この女性は見知らぬ女性だ。しかも、これは夢なのである。夢の中の見知らぬ女性というのは、ユングの説によれば「アニマ」の表現だ。「アニマ」というのは、男性の肉体中にある少数女性遺伝原質の精神的表現で、一般には無意識を擬人化したものである。するとこの女性は、ホシノ博士自身なのである。夢の中に自分自身が出てきた場合は——博士はまた分析しようとしたが、どうもうまくいかなかった。やはり夢の中で考えることは、どうもうまくまとまらない。

「さて、と」博士は彼女——つまりアニマにいった。「どこが悪いんですか？」

「夢を見るんです」やせて、顔色の蒼《あお》いアニマは、泣くような調子でいった。

「なるほど、なるほど。でも、たいていの人は、眠ると夢を見るんですよ。中には、夢を見たことがないという人もいますが、そんな人はたいてい、見た夢を、起きてすぐに忘れてしまっているんです」

ホシノ博士は、アニマをなぐさめるような調子でそういった。

「でも、ふつうの夢じゃないんです」

アニマは、美しい顔を奇妙にゆがめ、すがりつくように博士にいった。

「ほほう、というと、いったいどんな夢なんですか？」

「それが、あのう、とてもこわい夢なんです」

「ふん、ふん、どんなふうに？」

アニマはもじもじした。

「それが……おぼえていないんです」

博士は、あきれて叫ぶようにいった。

「何ですって？　おぼえていなければ、その夢がこわいかどうか、わかるはずがないじゃありませんか！」

アニマは、あわてていった。

「いいえ、こわい夢だということだけは、おぼえているんです。だっていつも、大きな悲鳴をあげ、ひや汗をびっしょりかいて目をさますんですもの――。だからこのごろでは、ベッドに入るのさえ、こわくてこわくてしかたがないんです。だって、眠るとかならず、そのこわい夢を見るんですもの……」

「ふうむ。妙ですな……」

博士はそういって、考えこむようすをして見せたものの、だいたいの見当はつきかけていた。――罪悪感だ。そうに違いない。

フロイトの説によれば、夢は願望の充足である。ところがその願望は、どちらかといえば現実には実現しない望み――つまり不道徳な欲望であることが多い。だから、目をさまして忘れてしまうような夢は、夢を見た本人が、自分のそんな不道徳さを恥じるような内容を持っているのだ。ただ、このアニマの場合は、それがこわい夢だったということだけはおぼえている。そこで、これはどういうことかというとつまり――。そこでホシノ博士は、また考えを挫折《ざせつ》させた。夢の中で他人の見た夢の分析をするなどということは、なかなかできにくいもので、考えがまとまらないものである。

「では、どんな夢なのか思い出してください。わたしも協力します」

博士はアニマを、寝椅子に横にさせた。

「どうすれば、いいんでしょう？」

「あなたが、頭の中に浮かべた考えをつぎつぎにしゃべってください。どんなことでもよろしい」

アニマは、ぽつりぽつりとしゃべりはじめた。

「そうですね。今は別に、何も考えていません。気にするようなことが、ひとつもないからですわ。お勤めはうまくいっていますし、友だちや上役の人たちと、喧嘩《けんか》したこともありません。毎日が平穏無事です。だから幸福です。何ごともなくて、退屈だということもありません。だって、お仕事はとても楽しいんですもの」

これでは分析のしようがない。

「そうですか。でもやはり、夢の内容を思い出してほしいですな。よろしい。こうなれば最後の手段……」

「あら、何をするんですか？」

「催眠術をかけます。そうすれば忘れていたこともしゃべることができるんです」

ホシノ博士は、仰向《あおむ》きに寝たアニマの上に、暗示をかけはじめた。

「あなたは、だんだん眠くなります。だんだんと、まぶたが重くなってきた。……あなたはもう眠りました。もう何でも思い出せます。あなたは夢の中のことを思い出せるのです。さあ、あなたは何をしていますか？」

「わたしは今、会社で仕事をしています」

「なるほど、会社で仕事……いや、そんなことはどうでもよろしい。夢で見たことを思い出しましょう。さあ、あなたは今、何をしていますか？」

「やっと会社が終ったところです。これから家に帰ります……帰ってきました。寝るところです。服を脱いでいます」

「早く寝てください」

「今、やっとベッドへもぐりこみました。なかなか眠れません。眠るのがこわいのです。こわい夢を見るからだと思います。まだ眠れません」

「早く眠ってください。でないと、いつまでたっても夢の分析ができません。眠りなさい。さあ、あなたはだんだん眠くなる……」

「だんだん眠くなってきました。ああ、わたしは今、本当に眠りました。眠って、夢を見ています」

「よろしい」

博士は喜んで身をのり出し、アニマにたずねた。

「今、あなたは何をしていますか？」

「会社で仕事をしています」

博士は、叫び出したいのをこらえながら、我慢強くいった。

「だってあなたは、さっきいちど眠ったのでしょう?」

「そうですわ。だから夢の中で、会社の仕事をしているのです」

「へえ、おかしな夢ですな。そんな夢、ちっともこわくないでしょう?」

「ところが、こわいのです。だから、そんなこわい夢を見まいとして、私は仕事をやめ、そっと会社を抜け出しました」

「ほう、どこへ行くつもりですか?」

「もちろん、あなたのところへですわ。夢の分析をしてもらえば、もうそんなこわい夢を見ることもなくなるだろうと思って……」

「ほう、夢の中で、わたしのところへ来たのですか?」

「そうですわ」

「おじゃまいたします」

そういってアニマは、ホシノ博士の診察室へ入ってきた。

「またきたぞ」と博士は思った。「これはいったい、どうなっているんだ？　これはアニマの夢の中のできごとなのだ。ということは、わしは今、アニマの夢の中に出演しているんじゃないか。しかもアニマは、この夢がこわいという。何がこわいんだ？　ちっともこわくないじゃないか！　それとも、これから何か、おそろしいできごとが、起るんだろうか？」

その時、アニマのあとから、のっそりと診察室の中へ入ってきたものを見て、博士は思わずアッと叫んだ。

タテガミから尻尾《しっぽ》の先まで、血のような色をした真紅のライオンなのである。

「ライオンだ……」博士はあまりの恐ろしさに、口もきけず、椅子に凍りついたような姿勢のままで、考えをめぐらせた。

「恐ろしい夢というのは、このことだったのか！　ううむ、女性が野獣に追いかけられている夢を見るのは、欲求不満のあらわれだ。野獣は男性のシンボルだ。ヒステリーの女がよく見る夢だ。彼女はきっと、男性に追いかけられたいと内心希望しながら、罪悪感のために、はっきりとは意識していなかったんだろう。夢を思い出すまいとしたのもそのためだ。だけど、のんびりと夢の分析なんかしている場合じゃない。彼女はライオンに食べられてしまう！」

博士は、大声で叫んだ。

「あぶない、逃げろ！　うしろにライオンが！」

アニマはふり返って、赤いライオンを見、けたたましく悲鳴をあげた。彼女は逃げ出した。といっても、その診察室には逃げ場はなかったから、彼女は眠って夢を見ている自分を起すことによって、その場から逃げようとしたのである。

「早く起きて！　逃げてちょうだい！　ライオンが！」

アニマはとび起きた。

逃げなければならない！

でも、その寝室には、逃げ場はなかった。考えてみると、この夢は、彼女がホシノ博士の催眠術によって思い出した夢なのである。そこで彼女は、あわてて催眠状態にある彼女自身を起した。

「早く目をさまして！　ライオンよ！」

ホシノ博士の催眠術にかかっていたアニマは、あわててとび起きた。だが、その診察室には逃げ場はない。

考えてみると、アニマというのは、ホシノ博士が夢の中で見た、自己の無意識なのだ。そこでアニマは博士に叫んだ。

「あぶない！　逃げて！　早く逃げて！」

ホシノ博士はびっくりした。逃げろといわれても、診察室の中に逃げ場はない。彼はあわてて考えた。これは自分の夢の中のできごとなのだ。だから、夢を見ている自分を起さなければならない！　そこで博士は大声で叫んだ。

「目をさませ！　逃げろ！　逃げるんだ！　赤いライオンだ！」

診察室の中で、机にもたれて居眠りしていたホシノ博士は、びっくりして目をさました。あわただしく、あたりを見まわした。だが、もう、逃げ場はなかった。

博士はしかたなく、診察室の窓から街頭へとび出した。そして、

「ライオンだ！　ライオンだ！」

と、わめきちらしながら、走り出したのである。

まったく暑かった。

精神病医でさえ発狂しそうなほど……。

猫と真珠湾

『アイディアに困ったとき、私は飼猫のミケと戯《たわむ》れる。彼女の虹彩《こうさい》――つまり眼球の前面、ひとみの周囲にある円盤状の膜の伸縮と、そのために加減された光の量が、色彩の変化というかたちで輝くのをじっと見つめていると、まるで催眠術をかけられたかのように私の心は空白になる。完全に空白になってしまうと今度はその中から……』

「だめだ。これじゃあ神がかりだ」

私は原稿用紙を破り捨てた。流行作家十人を選んで『私の小説作法』という小文を書かせ、一挙に掲載して今月号の特集にするというのが「現代文芸」編集部の意図である。

十人の中に選ばれて私は正直の話嬉《うれ》しかった。一方では、そんなことは当然だとも思った。しかしやっぱり嬉しかった。それは入学試験の合格発表で、自分の名前が、貼《は》り出された採点表の上位にあることを発見し、内心鼻高々で周囲の友人の顔をこっそり伺ったあの時の気持に似ていた。だが、さて、どう書いていいものか私は困った。どう書いても嘘《うそ》のように感じられるのである。『小説作法』なんて簡単に書けるものじゃない。

「なんだ、そうか。それなら、そう書けばいいじゃないか」私はさっそく新らしい原稿用紙に書き始めた。

『小説作法を書けという注文だが、そんなことは簡単に書けることではない。と、いうより、どう書いても嘘になるような気がするのである。自分の場合を振り返って考えてみても、それは作品によって違っていただろうし、だいたいあとで、あの作品はどういう具合にして作ったかなどということは考えてみたこともないのだから、憶《おぼ》えていないのも当然だ』

「だめだだめだ。正直すぎてちっとも面白くないぞ」私はまた破り捨てた。

面白くないものを書いてもしかたがない。読者にしろ編集者にしろ、面白くもないまっ正直な告白よりは、嘘でもいいから面白い読みものを求めているのだ。いや、だいいち今破り捨てた文章だって、本当に正直な告白だったかどうだかあやしいものだ。今の文章にしたって、正直に掘り下げて考えるのが面倒なものだから適当にでっちあげたのではなかったか。しかし、真剣に掘り下げて書くとなると大変なことだ。第一に時間がないし第二に原稿の予定枚数が少ない。第三にはそれだけの労力に対して原稿料があまりにも安すぎる。どうせ正直に書くのなら、面白く書けばいい。では、どういう風に面白くするか。

ここはやはり、私のいつもの風俗小説の調子で書けばいいだろう。簡潔な文体。歯切れのいいテンポ。短いセンテンス。そうだ。それで行こう。

『朝、十一時半ごろ眼を醒《さ》ます。寝そべったままアイディアを考える。もちろん小説のアイディアだ。小説の締切は今日である。考えはまとまらない。シャワーを浴びてから家を出る。このあたりには喫茶店が多い。並木通りを散歩してから一軒の店に入る。ガラス越しに表通りを見渡すことのできるテーブルにつく。ブルーマウンテンを注文する。タバコをたてつづけにふかし続けながらブルーマウンテンを飲む。次にモカを注文する。それから新聞を読む。読み終ってもまだアイディアは浮かばない。ウエイトレスがカップをさげにきた。このウエイトレスはちょっと可愛《かわい》い。前髪を額の中ほどまで垂らして……』

「あまり関係ないな」

　私はまた破る。

　これじゃ結論が出ない。だらだらしている。小文といったって、やっぱりテーマは必要だ。それに、いつもの私の小説の文章と同じだ。読者に、この作家はこういった文章しか書けないのかと思われても癪《しゃく》だ。この文章は評論家や他の作家も大勢読むことだろう。よし、それなら文体をがらり変えてやろう。だいたい私の小説の文体というのは、締切りに追われたために書き直す必要がないようにと注意してペンを走らせている間に出来あがってしまったもので、私の本来の文体ではないのである。文体を変えよう。だが、何を書こうか。

　私はしばらく考えた。なかなかいいアイディアが浮かばない。とにかく書き始めたら何か書けるかもしれない。

「そうか。じゃあ、そう書けばいいんだ」私は書き始めた。

『下手の考え休むに似たりと申します。アイディアが出ない時はいつまで考えていてもなかなか出ないものですから、私はまず書き始めます。そうすると、何か書くことが次つぎと出てくるものです。下手の考え休むよりなお悪い、これが私の小説作法でありまして……』

「あっ、これはいかん」私はあわてて破り捨てた。これではまるで、アイディアをひねり出すのに何の努力もしていないようではないか。この文章は編集者たちだって読むだろうから、安く見られてはたまらない。この機会に自分を高く売っておいた方が得策だろう。アイディアひとつをひねり出すのに、どれだけ大変な努力を必要とするか——それを繰り返し繰り返し、しつっこいぐらい書いてやれば、読みものとしても面白くなるだろうし——。

『いつも、新らしく小説を書き始める時の苦労というのは大変なものだ。タバコをやたらにふかし、濃いコーヒーを何杯も何杯もガブガブやる。だが、いいアイディアなどというものはそんなに簡単に出てくるものではない。寝そべり、立ちあがり、歩きまわる。テレビを見て愚劣さに腹を立てる。原稿料を計算してみる。目薬をさし、石鹸《せっけん》で手を洗う。盗作や焼きなおしの誘惑と戦い、時間を気にする。おれの才能もついに尽きたかと絶望し、天井からロープを吊《つ》るして引っぱってみたりする。鉛筆を嘗《な》め、インクを味わい、ついには目薬をガブガブ飲む。ワーッと絶叫してみたり、刀を抜いて御簾《みす》を切ってみたり、ライフルをぶっぱなして窓ガラスを片っ端から破る。マッチを持って隣家の風呂場《ふろば》へ放火に行く』

「少しオーバーだな」私はそれを破った。

誇張して書くと、かえって信用してもらえない。だいいち、こんなことなら他の作家も書きそうだ。こういった雑文なら、今までもあちこちでお眼にかかっている。私独自の、高い売り込み方を考えなければならない。

私はなぜ小説を書くのか？　それは金の為《ため》だ。生活の為だ。とすると——。そうだ、それではその、金の為というのを誇張して書いたらどうだろう？　これはある程度真実に迫っているし、ユーモアたっぷりに書けばいや味にもなるまい。

また、書き始めた。

『いい編集者は、たいてい私の自尊心を心地よくくすぐってくれる。こちらはくすぐったいものだからとびあがる。より高くとびあがった時には、より高級なアイディアを摑《つか》むことができる。ところがここで原稿料が問題になる。一枚千円だなどと聞くと気が抜けて、せっかく摑んだアイディアを離してしまい、そのままずんずんと落ちてしまう。ところが一枚一万円などと聞くと、ますます高くとびあがる。二万円の場合はさらにその分だけ高くとびあがる。相手がよく売れている有名な出版社だと、はりきってさらにとびあがるという寸法である。それは小説作法じゃないと言われるかもしれない。しかし商売人が自分の店の商品の原料や加工法を公開するだろうか？　そう。私の家は先祖代々商人で……』

「これでは読者に与えるものが何もない」

破った。

たしかに面白い。しかし読者は、面白い中にも何かそこに作家の秘密があばかれていなければ納得しないに違いない。軽薄な文章ばかり書いているシンのない作家だと思われても損だ。作家の秘密——私という作家の秘密——そんなものがあったっけ？　何もない。まあいい。何かでっちあげてやろう。幼児期の一記憶——フロイトじみるが、何かそんなものがあったっけ？　戦争体験？　私はまだ若いから、大したものはない。そうだ、祖父から聞いた話ということにしてやろう。

『真珠湾奇襲——これは攻撃に参加した私の祖父の体験である。だが同時にそれは、私の体験にもなっている。祖父がしてくれたこの体験談は、私の幼い胸に最初に焼きついた、なまなましい一種の——そう、やはり戦争体験というべきだろうか。この話は私のほとんどの作品に、何らかの形で影を落している。たとえば……』

「これは嘘っぱちだ」破った。

やはり、嘘を書いてはいけないな。

私は考えあぐねた末、電話をかけた。

「もしもし、現代文芸ですか？」編集長を呼んでもらい、私は名を告げてから話し出した。「例の小説作法の件なんですが……」私は今までに考えたことを全部話した。「ざっとこれだけのアイディアがあったわけですが、この中のどれにしたらいいでしょうか？」

編集長はさすがにあきれて、しばらく絶句した末、投げやりに言った。「そんなこと、あなたが考えてください」

「そう冷たくしないで、教えてくださいよ、ねえ」私は鼻声を出して編集長に甘えた。「ねえ、教えてくださいよ」

編集長は電話を切ってしまった。

私は自分の馬鹿《ばか》さ加減にあきれながら、受話器を架台に置いた。

「さて、どうしたものか」と私は、部屋いっぱいに拡《ひろ》がって、寝そべったり、原稿を書いたり、本を読んだりしている他の六人の方を振り返っていった。「こうなってみると、やはりおれたちは、ひとりひとり別の名前で小説を書いていた方がよかったな」

「そんなことはない」と、『猫とのたわむれ』案を出した奴《やつ》が、ライフルをいじりまわしながらいった。「七人でひとつのペンネームにしたからこそ、こんなに名前が売れたんだ。おれたちは全部集まってこそ一応の小説が書ける。しかし……」

「そうとも。ひとりじゃとても大量の注文に応じきれるほどの、現代の作家になれるわけがない。この二十一世紀では、たったひとりで、マスコミの要求に応じることのできる作家になんかなれるはずがないものな」と、『真珠湾』案を出した奴がいった。

彼は刀を振りまわしていた。

会いたい

秋のなかば。

夜ごとに見る夢は過ぎ去った夏の名残り。

その夏の記憶は草堂と海。

そしておれの恋人は比佐子。

彼女が死んでしまった今でも、おれの恋人は比佐子。

比佐子が死んでからだ、あの、おかしな夢を見ることになったのは。

だがあの夢は、比佐子と無関係のようにも思える。

夢の中――街かどに立っておれが来るのを待っているあの女。彼女は比佐子とは似ていない。おれの知っている他のどの女とも似ていない。

比佐子はほんとに死んでしまったのだろうか？

そうは思えない。

比佐子。戻ってきてくれ。
おれの夢の中だけでいい。戻ってきてくれ。
おれが悪かった。
比佐子がまだ生きていたころ、おれは比佐子をいじめた。
幼年時代からの女友達だった比佐子――おれは彼女を幼年時代からいじめ続けてきた。
比佐子――彼女はおれにおもちゃにされるだけの美しい人形。
涙でうるんだ黒い瞳《ひとみ》は、夏空の白い雲を映し出す黒曜石の鏡。
おれは彼女が好きだった。
好きでたまらなかった。
だからいじめたのだ。
比佐子、帰ってきてくれ。
おれを許してくれ。
だが、いっておこう。おれは彼女を精神的に虐待《ぎやくたい》したことは一度もなかったのである。

＊

去年の夏——それはすばらしい夏だった。

草堂の夏——それは草いきれの中の静寂。

比佐子との戯《たわむ》れはやがて彼女のすすり泣きに終る。なぜならそれは、おれが彼女をだまして、悪い薬を飲ませたからだ。冗談半分に。

身体《からだ》中から赤紫色のできものを吹き出させ、夏草の底でもだえ苦しむ比佐子。彼女は泣き声も立てず、おれを恨めしげに見ることもしなかった。

そんな彼女の小さな手足をしばりあげたおれは、彼女を抱きあげ、その小さな身体を、うるしの茂みの中へ転がして帰ってきた。

だが、あの草堂は、おれの夢には出てこない。

夢に出てくるのはいつも街かど——おれがいつも行くあの街かどだ。

去年の夏は永かった。

比佐子は夏の海を見て悲しそうにしていた。

あのすばらしい夏の日の午後——おれは比佐子をボートに乗せて沖へ出た。

泳げぬ彼女を、おれは海に投げ込んだ。

魚の腹のように白く、水面にあらわれては消える彼女の四肢。

揺れ動くみどりの黒髪は海底をはなれさまよう藻《も》の漂い。

おれの腕を求め水面をさまよう彼女の小さな指さきは、さざ波を立てて跳ねる小魚。

苦しみ続ける彼女の哀れさにおれは涙しながら、その様子にいつまでも見惚《みと》れていた。

ボートの底に横たわり、水を吐いて苦しんでいた比佐子。

青藍色《せいらんいろ》の水着を脱がせてやると、彼女の白い下腹部は飲んだ海水のため大きく膨れあがっていた。

だがあの海は、おれの夢には出てこない。

一度も出てこない。

あの夏はおれの中から消えていくだけだ。

比佐子は死んだ。肺炎だった。

おれは泣いた。

おれにいじめられたというだけの記憶しか持たずに死んでしまった比佐子の哀れさに、おれは声をあげて泣いた。

*

そして、ふたたび夏。
大都会の夏。
街を行くおれ。白いワイシャツの洪水。
雑踏にまぎれたおれの心に、しかしあの夏は、蘇《よみがえ》ってはこなかった。
やがて夏の終り。
想《おも》い出が少しだけ顔を出した。しかしそれは去年の夏の想い出だ。
そのころだった。あの夢があらわれたのは――。
それは比佐子の夢ではなかった。見知らぬ女の夢だった。
なぜ比佐子を夢に見ようとしないのか――おれは思った。
夢は眠りを妨げてはならない。
比佐子を夢に見れば、おれの眠りは妨げられるだろう。

あの女は比佐子に似ていない。

だが比佐子なのだ。

そうだろうか？

——いや、そうではなさそうだ。

夢の中の見知らぬ女——それはなんだろう？

自分ではないのか？

そうだ、あの女はアニマだ。

アニマ——それは男の中にある少数女性遺伝原質の精神的表現。

アニマ——それはおれの無意識の擬人化。

アニマは夏の終りから秋にかけて、おれの夢の中でおれを待ち続けた。

夢の中で、おれはそこへ行こうとした。だが、どうしても行けなかった。

ある日おれは、その街かどへ行き、いつも夢の中でアニマが立っていた場所に立ち、人混みの中で彼女が来るのを待ち続けた。

だが彼女はこなかった。

夕映えの街を吹き過ぎていく秋風は、満たされぬ期待に冷たく凍った心臓。

待ち続けながら、おれはふたたび過ぎ去ったばかりの夏の空白を悔んだ。
青い鱗《うろこ》は秋日さす水の中に妖《あや》しく照り返り、悲しく病む児《こ》の胸に淡いやすらぎを
あたえるだろう。だが、それはそれだけのこと。
夏――今年の夏にはどんな記憶があるのか？
何もない。空白だ。
去年の夏――比佐子がいた。
その前の夏にも、さらに前の年の夏にも、比佐子がいた。
だが今年の夏は――。
アニマは来なかった。
次の日も来なかった。
次の日も、その次の日も来なかった。
おれは彼女にハガキを出した。
ただ、会いたいとだけ書いて出した。
宛名《あてな》は書かなかった。
アニマはおれの無意識だ。どうして宛名を書く必要があろう。

そのハガキをポストに投げこんだとき、火のような色をしたポストはうなずくように、ゴトゴトと揺れ動いた。

おれは安心して、ポストの前を去った。

仕事をしているときも、喫茶店にいるときも、おれは切なく夏を想った。

夏が——今年の夏が蘇ってくれることを、祈りをこめて想った。

そして二日ののち、おれは喫茶店にいた。

ウエイトレスにねだってかけてもらったハワイアンを聞きながら、おれは帰らぬ夏を想い続けていた。

アニマがやってきた。

喫茶店のガラスドアーを押しあけて、顔を伏せて入ってきた彼女の秋の装《よそお》いは、黒いスーツ、黒いレースの手袋、そして黒い靴。

彼女はおれの前に腰をおろした。

おれは訊《たず》ねた。

「君は誰なんだ？　アニマか？」

「あなたが勝手に、そう名づけたのでしょう？」

「君は比佐子か？」

「違うわ」

「誰なんだ？」

「わたしは、全存在よ」

おれは顫《ふる》えた。

彼女がそういうだろうことを、おれは前から知っていたのではなかったのか？　するとおれは——おれだけでなく彼女以外のすべてのものは、彼女によって存在を許されているわけではないか。

おれは彼女の夢の中の存在なのだ。

彼女がおれを否定すれば、おれは消えてなくなってしまうのだ。

「ああ！」

おれは叫んだ。

「おれは存在しないんだ！

おれは存在しないんだ！」

おれは、わめきちらしながらそのテーブルの上にとび乗った。灰ざらをとって、むさぼり食った。それからカウンターにとび移り、レジスターを蹴落《けおと》した。

涙を流し、おれは叫んだ。

「おれは存在しないんだ！」

店内にいる客たちは、しかし、おれの方を見ようともしなかった。

いつのまにか、アニマもいなくなっていた。

待てよ。彼女はアニマだ。アニマなのだ！

アニマはおれの無意識なのだ。彼女はおれが訊ねたとき、自分がアニマであることを特に否定はしなかったではないか。

——と、すると、つまり全存在はおれなのだ。

この世界は、おれによって存在を許されているのだ。

おれは、エホバなのだ！

おれは誇りに満ちて喫茶店を出た。

エホバ・コンプレックスに満ちたおれは、赤信号のままの交叉点《こうさてん》を渡ろうとした。

たちまち警官に呼びとめられた。だがおれは、警官を怒鳴りつけた。

「おれに指一本触れるな！

おれは全存在なのだぞ！

貴様を否定してやろうか。そうすれば貴様は消えてなくなってしまうんだ」

警官は気ちがいめと叫び、おれを引っぱって行こうとした。

おれは彼に消えろと叫んだ。

だが、彼は消えなかった。

彼の存在を、おれの無意識は否定していなかったのだ。いや、そもそも彼は、おれの無意識が作りあげた存在ではなかったか？　父親代理として、超自我として、エディプス・コンプレックスの結晶として――。

署の父親に叱《しか》られて、ふたたびおれは街に出た。

あの街かどへ行った。

もういちど、アニマに会いたかった。

だが、アニマはいなかった。

アニマにはもう、夢でしか会えないのだろうか？――おれはそう思った。

アニマ！　会ってくれ。

会いたい。ひと眼会いたい。

おれは何者なのか教えてくれ。

おれは何をすればよいのか教えてくれ。

夢はおれの故郷。

その街かどは常に秋——冬のこない秋、そして夏を悔む秋。

夏よ還《かえ》れ。

クーラーとビーチテントの夏。

メロンシャーベットと汗ばんだ受話器となまぬるいビールの夏。

その夏よ還れ。

その夏の夢は、アニマのいない夢だった。

灰色の道は混沌《カオス》への旅路。

果てしなく続く霧の中の道を歩き続けるおれの心は、まだ夏を想う。

むこうからやってくる女は、比佐子だった。いや、比佐子に似ていた。

しかし近づくにつれ、彼女は次第に比佐子ではなくなってきた。すれ違うときの彼女は、比佐子に似てはいるが、やはりぜんぜん別の女だった。

その次に彼方《かなた》にあらわれた女も、その次の女も、やはり比佐子に似ていたがすれ違うときは、はっきりと違う女だった。
悲しみに声をあげ、おれは目ざめた。
窓の彼方の夜は未知を包む闇《やみ》。
窓ガラスの外の闇の中に、おれは比佐子の気配を感じた。
そっと窓をあけ、暗黒を眺めると、そこに比佐子の姿はない。
窓をとじると、ふたたび外に比佐子の気配。
また窓をあける。比佐子がそこにいることを念じながら——。
比佐子はいなかった。
数度、窓の開閉をくり返したのち、おれはふたたび横たわる。
睡魔はおれを蝕《むしば》み、夢魔はおれに囁《ささや》く。
「そんなに会いたいなら、お前が比佐子に代って、彼女の苦しみを継いでやれ」
混沌は塩の味。
おれは沈んでいく——夏の海に……。
苦痛はわが心の安らぎ。
浮かびあがり、また沈み——。

そして浮かびあがる。

海面に照りつける真夏の太陽！

夏だわ！　夏が蘇ったのだわ！

わたしは叫ぶ。

そのわたしの口の中へは、苦い海水がどっとなだれこむ。

わたしはまた叫ぶ。

——苦しい！　苦しい！　助けて！

ボートからわたしを見おろす彼。

ああ、でもわたしは、彼を恨まない。

わたしは彼を愛しているのだから！

そして彼も、きっとわたしを愛してくれているのだから！

どんなにわたしをいじめようと、きっと本心では、わたしを愛してくれているのだから！

彼の心を知りたい！

わたしはもがきながら、強く願う。

いいえ、いいえ、彼の心、そのものになりたい！

混沌。暗黒。意識はわたしから遠ざかり、わたしは夏の海の底深く沈んでいく。沈んでいく——。

あたたかい眼ざめは真綿の雌しべ。

再生への滑翔《かっしょう》は希望への疾走。

愛の狂濤《きょうとう》と慕情の扶育。

街かどで彼を待つ孤独なわたし。

わたしは彼のラブ・レターを受けとる。

ただ四文字のラブ・レター。

しかし千万言に優《まさ》る告白。

——会いたい！

そしてわたしは彼に会うのだ。秋の衣裳《いしょう》を身につけて——。

「君は誰なんだ？　アニマか？」

ああ、彼も苦しんでいる。

「あなたが勝手に、そう名づけたのでしょう？」

「君は比佐子か？」

ああ、ああ、わたしは比佐子ではなくなっているのだ！　でも彼に嘘《うそ》はつけない。

「違うわ」

「誰なんだ？」

わたしにとって彼は全存在——そして今、わたしは彼なのだ。

「全存在よ」

終った。この秋は終った。

秋の終りにわたしは消える。

次の夏まで、わたしは消える。

あの夏の日を彼に想《おも》わせるために。

さようなら、さようなら。

わたしはまた夏の終りにやってきます。

接着剤

「さて、この博覧会に、わが社はどんな出品をしたものかね」

社長は、会議に出席した宣伝担当者を見まわして、そういった。

「わが社の接着剤は今や業界一、いやいや、すでに世界一などといわれている。こらでひとつ、どかんとでかいことをやって、全世界の人間を、あっといわせたいものだ。その点、こんどの博覧会はまことに絶好のチャンスといわねばならぬ。予算もたっぷりとってある。どんな突飛なアイデアでもいい。いい案を出してくれ」

ひとりの宣伝係社員がいった。

「以前から考えていたのですが、接着剤だけを使い、建材の組み立てをやり、でかい建築物をつくるというのはどうでしょう」

「なるほど、それは面白そうだ」

社長は身をのり出した。

「で、どんな建物をつくるのかね」

「36階ビル、というのはどうでしょう」

と、別の宣伝係員がいった。

「ありふれているな。高層建築というだけでは、今では人目をひくことはできないよ」

社長は、かぶりをふった。

「ま四角のビルなんてつくるのは簡単だ。組み立てビルなんてものは、珍らしくもない。ざらにある」

「それでは、五重塔というのはどうでしょう」

もうひとりの社員がいった。

「ぜんぶ木造にするのです」

「なるほど、それは面白そうだな」

社長はやや乗り気になった。

「外人の眼をひくに十分だ」

「しかし、建材がすべて材木だとすると接着剤だけでつくるのは不可能かもしれません」

　ひとりの社員が難色を示した。

「釘《くぎ》が必要になってきます」

「よし。それなら接着剤で釘をつくれ」

　と、社長は叫んだ。

「頑強な透明の釘をつくるのだ。わが社の技術水準からすれば、簡単にできるはずだぞ。熱に強い性質にすればよい。また、釘打ちをしてしばらくすると、分子が材木の中へ浸透し、ぜったいに抜けなくなるようなものにするのだ。そうすれば今までの金属性の釘などよりもっといいものができるではないか」

「わが社の接着剤が熱に強いということは定評があります」

　と、係の社員が叫んだ。

「ぜったいに、いいものがつくれるでしょう」

「よし。ではすぐに研究にかかれ」

　社長命令が出た。

「と同時に、五重塔の設計もやりはじめろ。できるだけ凝ったものにするのだぞ。

いいな」

博覧会ははじまった。

全世界からやってきた人たちは、接着剤工業会社の出品展示物を見てびっくりした。

五重塔だったのである。

「いったい、接着剤と五重塔と、どういう関係があるのだろう」

説明を聞いて、人びとはさらにおどろいた。

「ええっ。接着剤だけで組み立てたのですか」

どうぞお入りください――。

という係員の呼びかけには、観覧客は応じなかった。

「そんなぶっそうな塔へ入れるもんですか。もしくずれ落ちたらどうするのよ」

そういって、みんな尻《しり》ごみしてしまうのだ。

「困りましたな。どうしましょう」

接着剤の会社では、社長はじめ宣伝係員たちがまた集まって相談した。

「だれも入ってくれないのでは、頑丈さを宣伝することができません」

「よし。われわれが大勢で入って見せよう」

翌日、社長をはじめ百人以上の社員が博覧会に出かけ、全員が五重塔の最上階に登り、窓から首を出して人びとに呼びかけた。

「みなさん。このとおり五重塔は安全です。何人登っても崩れる心配はありません。どうぞ入ってきてください」

その呼び声につられ、まず数人の客が、おっかなびっくりで入ってきた。何人登ってもだいじょうぶとわかると、次々に客が入ってきた。

「なるほど。これは頑丈にできている」

「さすがは世界一の接着剤会社の出品作だ」

五重塔は大評判になり、その次の日からはどっと客が押しかけ、押すな押すなの超満員である。こんどはあべこべに社長がびくびくしはじめた。

「おい。いくら何でも、あんなにぎっしり客を入れては、あぶないのじゃないかね」

だが、塔をつくった技術部員は胸をはって答えた。

「だいじょうぶです。ほかの建物より頑丈です」

「よそのビルがこわれるようなことがあっても、あの五重塔だけはしっかりたっていることでしょう」

その技術部員はむしろ、それを証明する方法のないことが残念そうでさえあった。

だが、証明できる日がやってきた。

ある日、大きな地震があった。震度6という大地震である。

博覧会場にたてられていた仮設の建物は、ほとんど倒れてしまった。

そして火事が起った。

五重塔は、地震ではびくともしなかった。

しかし木造なのだから、火事が起きてはひとたまりもない。たちまちパチパチと、勢いよく燃えあがった。

火事の翌朝――。

丸焼けの博覧会場に立った人たちは、五重塔のたっていたところを見て、あっとおどろいた。

接着剤だけが、五重塔の形そのままに、堂々とそびえたっていたのである。

駝《だ》鳥《ちょう》

旅行者が、沙漠《さばく》にふみまよった。歩いても歩いても、砂また砂。砂丘また砂丘。旅行者は、一羽のダチョウをつれていた。そのダチョウは、旅行者によく馴《な》れていた。ダチョウは、旅行者のあとを、どこまでもついてきた。

ショルダー・バッグひとつを、肩からぶらさげた旅行者は、ダチョウをつれ、昼も夜も、沙漠をさまよい続けた。腹がへると、ショルダー・バッグに用意してきた食料を出し、ダチョウとわけあって食べた。眠くなると、ダチョウとともに砂の上に横たわり、ダチョウの羽毛にくるまって眠った。

何日も、何日も、旅行者とダチョウは、沙漠を歩き続けた。ダチョウはどこまでも、旅行者のあとからついてきた。

そのうちに、食べものが残り少なくなってきた。旅行者は、食べものをダチョウにやることをやめた。ショルダー・バッグから食べものを出し、自分ひとりで食べた。ダチョウが、じっと見ているので気がひけたが、食べものが早くなくなってしまうと、餓死してしまう。いくらともだちだといっても、あいてはダチョウである。人間である自分のいのちにはかえられないと、旅行者は思った。

食べものをやらなくなってからも、ダチョウは旅行者についてきた。旅行者が食べものを食べている時も、その様子を、丸い無表情な眼で眺めるだけで、ぎゃあぎゃあ騒いで餌《えさ》をほしがるということはなかった。

旅行者とダチョウは、沙漠を歩き続けた。夜になれば旅行者は、ダチョウの羽毛にくるまって眠った。

とうとう、ショルダー・バッグの中の食べものも、なくなってしまった。旅行者とダチョウは、腹をへらしたまま沙漠を歩き続けた。旅行者は、ショルダー・バッグを砂の上に捨てた。

ある朝、旅行者がダチョウの羽毛の中で眼を醒《さ》まし、ふと気がつくと、金ぐさりのついた懐中時計がなくなっていた。

「やっ。お前だな。時計を呑《の》みこんだのは」と、旅行者はダチョウにいった。

ダチョウはきょとんとした眼で、旅行者を眺めているだけだった。

「いくら腹がへったとはいえ、わたしの時計を呑むとはけしからん。よし。それでは時計のかわりに、お前の腿肉《ももにく》を少しもらうことにする。それでおあいこだ」

旅行者は、ダチョウの足の、片方の腿肉を少しひきちぎった。そして、その腿肉を食べながら、ダチョウを横眼でうかがった。

ダチョウはあいかわらず、丸い大きな眼で、旅行者を眺めているだけだった。

ダチョウの腿肉を食べてしまうと、旅行者はふたたび沙漠を歩きはじめた。ダチョウも、少しびっこをひきながら、旅行者についてきた。

旅行者とダチョウは、沙漠を歩き続けた。

旅行者は、空腹で倒れそうになった。腿肉ぐらいでは、何の足しにもならなかった。

旅行者は、また、ダチョウにいった。

「お前は、片方の腿肉がなくなっても、まだ歩ける。きっと両方の腿肉がなくても歩けるのだろう。だからわたしは、もう片方の腿肉も、もらうことにする」

旅行者は、もう片方の腿肉をダチョウの足からむしりとって食べた。大きくむしったため、ダチョウの足の、その部分の骨がまる出しになってしまった。それでもダチョウは、旅行者が歩きはじめると、あとをついて歩きはじめた。

ほんの数時間しか経《た》たないのに、旅行者はまた、空腹でぶっ倒れそうになった。

「あの金ぐさりのついた時計は、とても高価なものだったのだ」

旅行者はまた、ダチョウにそういった。

「腿肉ぐらいではもとがとれない。お前の胸の肉をもらいたい」

そういってから、さすがに気が咎《とが》めたので、そっとダチョウの顔色をうかがった。

ダチョウは、あいかわらずきょとんとしていた。

旅行者はうなずき、ダチョウの胸の肉をむしりとって食べた。ダチョウの白い肋《ろっ》骨《こつ》が、むき出しになった。それでもダチョウは、旅行者が歩き出すと、少し痛そうにしながらあとをついてきた。

旅行者とダチョウは、沙漠を歩き続けた。

旅行者はすぐまた、空腹でぶっ倒れそうになった。

彼はちらちらと、横眼でダチョウを見ながらいった。

「あの金ぐさりのついた時計は、たったあれっぽっちの肉とは、とても引きかえにはできないな」

おずおずと、旅行者はいった。

「お前の尻《しり》の肉も、もらいたいと思うが、どうだろう。もちろんお前さえよければだが……」

ダチョウが何も答えないので、旅行者はダチョウの尻の肉をむしりとって、むさぼり食った。

さらに、旅行者とダチョウは、沙漠を歩き続けた。

そして旅行者は、それからも、金ぐさりの時計がいかに高価なものだったかを話しては、ダチョウのからだから、肉をむしりとって食べた。

ダチョウのからだから、肉がなくなり、ついにはからだ中の骨が、丸出しになった。

旅行者はとうとう、ダチョウの内臓にまで手をつけた。

露出したダチョウの肋骨の内側にある、いろいろな内臓が、少しずつ、なくなっていった。

やがてダチョウは、骸骨《がいこつ》に近い姿となった。もはや、肋骨の中にある内臓は、ダチョウの心臓だけだった。

それでもダチョウは、旅行者のあとを、どこまでもついてきた。

「あの、金ぐさりのついた時計は、とても高価なもので、ダチョウが二、三羽買えるほど高いものだったんだ」

旅行者は、また、ちらちらとダチョウをうかがいながら、そういった。

「だから、その心臓も、もらっていい筈《はず》なんだよ。な。そうだろう」

ダチョウは、だまっていた。

旅行者は安心して、ダチョウの肋骨の間に手をつっこみ、心臓をつかみ出して食べた。

ダチョウの肋骨の中には、ただひとつ、ダチョウの呑みこんだ金ぐさりつきの時計が、コチコチと音を立てて、ぶらさがっているだけだった。

心臓を食べてしまうと、旅行者はまた歩き出した。

今や完全に骸骨になってしまったダチョウは、肋骨の中でコチコチと時を刻み続ける時計をぶらぶらさせながら、それでもまだ、旅行者のあとを追って歩き続けた。

「こいつは、心臓がないくせに、どうして歩き続けるのだろう」

旅行者は、歩きながらそう思った。

「あの時計が、心臓のかわりをしているのだろうか」

旅行者には、コチコチと鳴り続ける時計が、気になってしかたがなかった。その音は、次第に高く、大きくなってくるような気がした。彼はそのため、時どき振りかえらずにはいられなかった。

骸骨になったダチョウは、どこまでも、どこまでも、彼のあとを追ってきた。

その時、沙漠のかなたに、ぼうっと黒く、建物の姿が浮かびあがってきた。

「町だ。町が見えた。わたしは助かった」

旅行者は、喜んで駈《か》け出そうとした。

それからふと、ダチョウを振りかえった。

「そうだ。わたしは一文なしだった。一文なしでは、町へついても食事することができない。この時計さえあれば、これを売って金にかえ、食べものを買うことができる」

旅行者は、いそいでダチョウに近づいた。

そして、ダチョウの肋骨の間から、腕をつっこんで、時計をとろうとした。

旅行者の手が、金ぐさりを握った時、ダチョウははじめて、口をきいた。

ダチョウは、眼球のない眼窩《がんか》の、黒い空洞を旅行者に向け、静かにいった。

「お前は、その時計をとるのか」

旅行者は、ダチョウにそういわれてためらった。

たしかに、時計とひきかえに彼はダチョウを食べたのだ。だから、その時計は、もう彼のものではない筈だった。

しかし、背に腹はかえられなかった。彼は時計を、ダチョウの肋骨の間から抜きとった。

「そうか」

ダチョウは、うなずいた。

「それなら、この眼球はわたしのものだ」

ダチョウはそういうなり、旅行者の眼球を、嘴《くちばし》でほじり出し、のみこんだ。

「わっ」

旅行者は眼を押さえ、あわてて走り出した。だが、ダチョウは彼を追ってきた。

「この肩の肉も、わたしのものだ。この尻の肉も、わたしのものだ」

ダチョウはそう叫びながら、旅行者の背後から、彼の肉をついばみ、旅行者を次第に、骨だけの姿に変えていった。
やがて町の人たちは、沙漠から町に入ってきた、一羽のダチョウを見て、おどろいた。
そのダチョウは、一体の骸骨を背中に乗せていたのである。
骸骨は、金ぐさりのついた時計を握りしめていた。

チョウ

○月○日
今日、庭で小さなチョウを捕えた。ひろげた時の羽のさしわたしが三センチしかない、小さなチョウだ。シジミチョウかなとも思ったが、羽はタテにたたむし、恰《かっ》好《こう》はアゲハチョウに似ている。部屋の中にはなしてやると、よろこんでとびまわり、ぼくの肩にとまったりした。

○月○日
チョウはぼくにすっかり馴《な》れ、ぼくの行くところはどこへでもついてくる。だんだん大きくなり、羽のさしわたしが五センチ以上になった。よく見ると、黒い羽のあちこちに、白やオレンジや黄色の斑点《はんてん》や模様がある。ますますアゲハチョウに似てきたな、と、ぼくは思った。

○月○日
チョウの大きさは十センチ以上になった。とても美しい。ぼくが学校へ行くとついてきて、授業中はずっと、ぼくの肩にとまっている。とても利口なチョウだ。音楽の時間など、歌にあわせて教室の中をとびまわったりする。ともだちもみんな、チョウを可愛《かわい》がってくれる。

○月○日
ぼくは東京に住んでいるのだが、ぼくの団地の中には花壇があるから、チョウの食べものに困ることはない。チョウはとても大きくなり、二十センチにもなった。ふつうのアゲハチョウより、ずっと大きいのだ。チョウのことは評判になり、とうとう新聞にまで載った。

○月○日
昆虫学者の人たちがやってきて、チョウを調べようとした。チョウは逃げ出して、学者の人たちが帰ってしまうまで戻ってこなかった。きっと頭がいいのだ。チョウは五十センチの大きさになった。こんな大きなチョウは世界でも珍らしいと、学者の人たちがいっていた。

○月○日

チョウの大きさは一メートルを越した。ぼくのあとをついて、チョウが街かどをひらひらととんでくる、そのあまりの美しさに、町の人たちは眼を見はっていた。今日はテレビ局へ行き、ぼくとチョウはテレビに出た。日本中の人が、テレビ局へ電話をしてきたそうだ。

○月○日

今日もチョウといっしょにテレビに出た。明日も、あさっても、テレビに出なければならない。チョウは、とても有名になってしまった。東京中の人たちがチョウのことを知り、花をくれるので、二メートルの大きさになっても、チョウの食べものに困ることはない。

○月○日
チョウは、五メートルの大きさになったので、ぼくの部屋には入らない。このごろ、チョウは、ぼくの団地の建物の屋上で寝ている。大きくなりすぎて、食べものがなくなってしまった。それでもチョウは生きている。いったい、何を食べて生きているのだろう。かわいそうだ。

○月○日
チョウの食べているものが、わかった。夜、近所の木の樹液を吸っているのだ。団地の中にある木が枯れはじめたので、わかったのである。十メートルもあるチョウがとんでくると、風が起り、砂が目に入ったり、子供が吹きとばされたりする。チョウは嫌われはじめた。

○月○日
チョウが団地の建物の端っこを、こわしてしまった。三十メートルもあるのだから、その重みで屋上の一部分がくずれ落ちたらしい。みんなが怒っているので、チョウはどこかへ行ってしまった。でも、ときどきぼくに会うため、やってきて、はるか上空をとびまわっている。

○月○日
チョウが、もうどのくらいの大きさになったか、ぼくにはわからない。地上近くへくると、人にめいわくがかかるので、チョウはいつも、雲の少し下あたりをとんでいる。ぼくの団地の上へやってくると、風が起り、陽がかげってしまう。東京の木が、枯れはじめた。

○月○日
東京にある木は、ぜんぶ、完全に枯れてしまった。チョウのふりまくリンプンのため、東京の人たちは、ノドを痛め、目からぽろぽろと、涙をこぼしている。ゼンソクになった人もいるくらいだ。このあいだまで、チョウを可愛がっていた人たちも、チョウを憎みはじめた。勝手なものだ。

○月○日
東京の空はチョウのため、どす黒くなってしまった。チョウの羽のため、日がさしこまないのだ。自衛隊の人が、チョウを殺す計画をしているそうだ。でも、チョウは、ぼくからはなれたくないらしく、東京の空をとんでいる。チョウはどこで眠り、何を食べているのだろう。

○月○日
自衛隊の人が、まっ暗な空に向かって大砲をうった。でも、チョウは死ななかった。羽の、黒や白や、オレンジや黄色の破片が、チラチラと落ちてくるだけだ。そしてそこからは、ほんの少しだけ、日がさしこんでくる。しかし、あいかわらず空はまっ暗で、目やノドが痛い。

○月○日
チョウはとうとう、東京の空一面を、羽でおおってしまった。でも、ぼくはこのごろ、チョウのことをあまり考えないようになった。東京の人たちも、目やノドが痛いいたいといってるくせに、チョウのことは、あまりいわなくなってしまった。空の暗いのにも、なれてきたみたいだ。

○月○日

東京の人たちは、チョウのことを完全に忘れてしまった。なぜ忘れたか、ぼくは知っている。それは、チョウがあまりにも大きくなりすぎたからだ。また、ぼくは知っている。チョウが今も、どんどん大きくなり続けているということを。そしてあのチョウが、じつはメクラだということも。

血みどろウサギ

「ねえ。月はどうして、あんなにアバタづらなの」

ぼくは天体望遠鏡から眼をはなし、古い本を読んでいるパパにそう訊《たず》ねた。

パパは、本から顔をあげた。

「うん。今ちょうど、月に関する昔の本を読んでいたんだがね。でも、月がどうしてアバタづらになったかということは、この本には書いてないようだな」

「お父さんは知らないの」

「知らないねえ。お父さんは月の専門家じゃないからね」

パパは少しきまり悪そうにそういってから、あわてて胸をはった。

「もちろん、正確な、くわしいことは知らないというだけだ。でも、だいたい想像することはできるよ」

そうだろうな、と、ぼくは思った。パパはとても頭がいい。だから、まったくわからないことなんて、パパにはない筈《はず》なのだ。

「この本によると」

と、パパは話しはじめた。

「今みたいに大勢の人たちが月に移住する前、つまり、人間がまだ誰ひとり月へ行かなかった昔、その頃の宇宙船を、月面めざしてぽんぽん打ちあげたらしいんだ」

ぼくは眼を丸くした。

「なぜそんなことをしたの」

「さあ。なぜそんな無意味なことをしたのか想像もつかないんだけどね。だけど、この本に出ている古い年表によれば、打ちあげて月に衝突させた無人宇宙船の数は、たいへんなものらしいんだね。わかっているものだけでもたくさんあるから、ちょっと読んで見ようか。まず一九五九年九月十四日、ルーニック2号が晴れの海の南東部に衝突、一九六四年二月二日、レーンジャー6号が静かの海の西側に衝突、同年七月三十一日、同7号が雲の海の南に衝突、六五年二月二十日、レーンジャー8号が静かの海の南西部に衝突、同年三月二十四日、同9号が雲の海のずっと東寄りのところへ衝突、同年五月十二日、ルーニック5号が嵐《あらし》の大洋の南東部に衝突、同年十月八日、同7号が嵐の大洋のど真ん中に衝突、同年十二月七日、同8号が嵐の大洋の西側に衝突、六七年十月九日、ルナオービター3号がステンベルクのずっと東に衝突、六八年一月三十一日、同5号がシュレーターの北に衝突……」

「全部、見えるよ」

ぼくはパパの声を聞きながら、天体望遠鏡で月面を眺め、そう叫んだ。

「そりゃ、そうだろう」

パパはうなずいた。

「今、言ったのは、すべて月面のこちら側に衝突した宇宙船ばかりだ」

「衝突したところには、みんな大きな穴ができてるよ」

ぼくは溜息《ためいき》をつきながら天体望遠鏡から眼をはなし、パパにいった。

「じゃあ、あのアバタはみんな、無人宇宙船が衝突した痕《あと》なんだね」

「うん。そうとしか思えないね。人間が最初に月に到着したのは、六九年の七月二十一日と書いてあるけど、それ以後も月面に衝突した宇宙船はたくさんある。つまり、月に行けるとわかったとたん、無茶な連中がそれ行けとばかりあちこちから月めざして出発した。そして、あわてたために月にぶつかったんだ。そういう連中のためにできたアバタも、たくさんあるだろうね」

「ひどいことするんだなあ」

ぼくはあきれて叫んだ。

「人間って、無茶なことするんだねえ」

「まったくだ」

パパはそういって、また本を読みはじめた。

ぼくはふたたび、天体望遠鏡で月を観察した。

やがて、ぼくは天体望遠鏡から顔をはなして、またパパに向きなおった。

「ねえパパ。どうして月面は、あんなに赤白だんだらなの」

パパは、また顔をあげた。

「それも、この本に書いてあるよ。昔の月は、あんなに赤いところはなく、蒼白《あおじろ》くて、とても美しかったそうだ。きっと、アバタもなく、つるんとしてまん丸く、とてもきれいだったんだろうね」

「では、なぜあんな赤いところができたの」

「それもやっぱり、人間のやったことなんだよ。月に移住した人間たちは、月面で食べものを作ろうとした。最初はクロレラを作ろうとしたんだが、これは重力が少なかったため、思っていたほどうまく作れなかった。そのかわり、地球では水の底などに生えている紅藻《こうそう》類の、淡水産のある種類が、意外によく成長することを発見し、これを繁殖させたんだ。あの赤い部分は、この紅藻類の農園なんだよ」

「たくさん農園を作ったんだね」

「そりゃ、紅藻なんてものは、いちばん大きなものでたった2ミリしかないんだから、大勢の人の食糧にするためには、よほどたくさん農園を作らないとね」

「だけど、そのかわり、すっかり月面が汚なくなっちゃったね」

「それはしかたがないさ」

パパは、また本に眼を落した。

人間が生きていくために、美しい月が汚れていっても、それはしかたのないことなのだろうか――そう思いながら、ぼくはまた天体望遠鏡をのぞきこんだ。そのうち面白いことを発見した。赤い縞《しま》と、アバタの翳《かげ》りのため、月面全体が巨大なウサギの顔のように見えはじめたのだ。

ぼくはまた、パパに叫んだ。

「パパ、月がウサギの顔のように見えるよ」

「やっぱり、そう見えるかい」

パパが笑いながらいった。

「誰が見ても、ウサギの顔に似てるって思うらしいよ。パパもそう思う」

「どうして、あんなにウサギの顔に似てるんだろう」

「さあ。なぜだろう。この本によると、昔の人たちは月の中にウサギが住んでいると思っていたらしいね。たとえば日本では、月の世界ではウサギがモチをついていると信じていたそうだ。中国でも『楚辞《そじ》』という本に、月の中のウサギの俗信が書かれている。そのほか、南アフリカからヨーロッパ、インド、チベット、蒙古《もうこ》、北アメリカ・インディアンなど、地球のほとんどの地域に月のウサギの伝説がある。だからある人などは、現在の月の顔が、あのようにウサギに似てきたのは、移住してきた人間のために、月を追い出されてしまったウサギの恨みがこもって、月面にあのような顔があらわれたのだといっているよ」

「ふうん。こわいもんだなあ。じゃあ、その伝説のウサギは、伝説をなくしてしまった科学とか、宇宙船とか、月へやってきた人間とかを、恨んでるだろうね。もしかしたら、そんな科学を作りあげた、人間ぜんぶを恨んでるかもしれないね」

「そりゃ、恨んでるだろうな」

パパがうなずきながらいった。

「だから、ウサギの顔をよく見てごらん。恨めしそうな顔をしてるから」

ぼくはまた天体望遠鏡にしがみついた。

そういわれてみれば、よく見るとそのウサギは、恨めしげな顔をしてこっちを睨《にら》んでいた。眺め続ければ眺め続けるほど、ウサギの顔は、じつに恨めしそうに思えた。

おれを月から追い出したのは誰だ。それはお前たち人間なんだぞ。おれはそのことを、いつまでも忘れてやらないからな。

そんな恨みごとをいい続けているように、ぼくには思えた。

しかもそのウサギは、常に地球の方に向いているのだ。地球の周囲をぐるぐるまわりながらも、いつもこちらに顔を向けているのである。醜く、きたないアバタづらを――。血みどろの、恨めしげな顔を――。

マイ・ホーム

「二十八歳で、係長になる予定です」

最初、おれは彼女にそういった。そこは、男子独身平社員用の公団住宅と、女子独身平社員用の公団住宅のちょうど境にある、公共自由見合い室だった。

「そして、三十四歳で、課長になれます」

ひと眼見て、おれは彼女が気に入ったので、おれの生活設計を夢中でしゃべった。

「それまでは、係長級用公団住宅に住まなくてはなりません。しかし三十六歳で、貯金が約三百五十万円になりますから、会社から半分出してもらって、課長級用宅地を買い、家を建てます。七百万円かかります」

「でも、あの、それは」と、彼女は疑わしげな眼でおれを見ながら、おずおずといった。「よっぽど、うまく行った場合のことじゃないんですの」

「そうじゃありません」おれは、はげしくかぶりを振った。「よっぽどうまく行かなかった場合でも、そうなるんだということを、今ぼくは話しているんです」

彼女は、やや安心した様子だった。

「で、それから、どうなりますの」

「それからですね」おれは、ごくりとツバをのんでしゃべり続けた。「四十五歳か六歳で次長待遇になり、五十四歳で次長になります」

「でも、定年は五十五歳でしょ。たった一年しか、次長をやってられないんですの」

「そうです。でも、そのかわりに退職金がたくさんもらえます。その金の半分で避暑地に、次長級用別荘地を買い、別荘を建てます。そして余生を、のんびりと過ごすのです」

「すてき」彼女は眼を輝かせた。

「どうです。ぼくと結婚しませんか」

「するわするわ」と彼女は叫んだ。

こうして、おれたちは結婚した。そして、新婚平社員用公団住宅に移り住んだ。

可もなく不可もなく、おれは仕事に努め、貯金に精を出した。妻もしばらくは、以前の会社に勤め続けた。

一年ののち、妻は妊娠した。彼女は会社を辞めた。子供ができた。男の子だった。

おれの会社は石鹸《せっけん》を作っている会社で、おれは宣伝部にいるのだが、ある日企画会議があった。この企画会議というのは、われわれ宣伝担当社員の定期試験みたいなもので、この席上、いいアイディアを出さないと出世はおぼつかない。

ところがこの日にかぎって、いいアイディアが何も出てこなかった。他の社員の出す好企画を聞きながら、おれはあせった。

ついに、発言しなければならなくなった。おれはやけくそでいった。

「飛行船の再開発が進んでいます。そこで、わが社の石鹸の形をした飛行船を作ってとばしたら、どうでしょうか」

全員が失笑した。気は確かかという眼つきで、おれを見る同僚もいた。

「少し時代おくれだなあ」係長が笑いながらいった。「でも、一応課長には報告しよう」

ところが、その案が課長や部長に気に入られてしまった。時代錯誤の面白味を買ったらしい。石鹸飛行船は実現することになった。

思いがけず、これがたいへんな評判になった。消費大衆の心理はまことに気まぐれで、わが社の石鹸はとぶように売れた。そしておれは予想外の昇給をし、その上係長になってしまった。まだ二十六歳だというのに……。

係長になって最初の日曜日、遊ぶ金を節約するため、家で寝ころんでいると、電話がかかってきた。

「もしもし。こちら銀河放送のクイズ番組『なんでもご返事』です。キラ・コーズケの首を討ちとったローニンは何人ですか」

「たしか四十七人です」

「大あたりです」鈴がジャランジャランと鳴った。「賞金は一千万円です」

「い、い、一千万円」おれはびっくりした。

そこへ妻が、顔色を変えて戻ってきた。「たいへんよ、あなた。調味料の福引で、純金のキャデラックが当っちゃったわ」

そんなでかい車など、置く場所はどこにもない。だいいち、そんな車に乗って出勤したりしたら、重役連中ににらまれてしまう。今でも、年齢不相応の出世だというので、同僚の反感がすごいのだ。おれたちは、車を売りとばした。大金が手もとに残った。

「ねえ。もう家を作ってしまいましょうよ」

「だめだよ。今買ったって、係長級用の小さな宅地しか売ってもらえないよ。それよりもクーラーや立体テレビを買って、ここで優雅に暮そうじゃないか」

「だめよ、だめよ。そんなもの買ったら、ご近所から白い眼で見られて、しまいには村八分にされてしまうわ。ご近所とつき合いができなくなって、居づらくなるわ。それより、あなた舶来紳士服を仕立てたらどうなの」

「だめだ。そんなものを着て会社へ行ってみろ。部長だって国産品を着てるんだぞ。たちまちねたまれて、出世できなくなる。しかたがない。金は貯金しておこう」

ところが、それればかりではなかった。二歳になった子供が知能指数二〇〇の天才児であることがわかり、政府から奨学金が一千万円、天才教育財団法人からの金が二千万円入った。また、おれがひと月前に買った三枚の続き番号の宝くじが、特等と前後賞にあたり、二千万円がころがりこんできた。

よせばいいのに女房が有利な投資をしたものだから、利息が利息を生んで、たちまち貯金は億を突破し、もうすぐ二億にはねあがりそうな按配《あんばい》。

「ねえあなた。どうしましょう」女房が半泣きで、おれにいった。「銀行の人が毎日のようにくるもんだから、ご近所からあやしまれているのよ」

「しかたがない。なんとかして金を使おう」おれは会社の重役や上役に、豪勢な歳暮の贈りものをした。その次の定期人事異動で、おれは課長になってしまった。分不相応な昇給がありボーナスが出て、また貯金がふくれあがった。それは三億に近くなってしまった。

しばらく手紙の途絶えていた田舎の叔父が死んだ。他に親類がないので、遺産の四千万円と八千万円の不動産がころがりこんだ。

「あなた。どうしましょう」女房がわあわあ泣きながらおれにいった。

おれは、うめくように答えた。「しかたがない。金を捨てよう」

銀行からおろした金をボストン・バッグに入れ、わざとタクシーや公園のベンチに置き忘れたりしたが、すぐに人が見つけてあとを追ってくるし、川へ捨てようと河岸をさまよっていると警官に不審がられて、これもだめ。慈善団体に寄付しようかと思ったが、新聞にでかでかと載るのがいやさに、やめてしまった。そうこうしているうちに、おれは次長になってしまった。

おれは次長級用の宅地と別荘地を買い、考えられるかぎりのぜいたくな家を建てた。といっても、今ではもうぜいたくな建築資材などないから、せいぜいヒノキの柱を多くする程度だ。会社での反感がいやで、おれはとうとう会社を辞めてしまった。今では本宅と別荘の間をぶらぶらするだけの毎日を送っている。

三十歳にもならないうちに、人生の目的をぜんぶ果たしてしまった。おれはこれから、いったい何をすればいいのだろう。世の中がこんなにつまらないものだとは夢にも思わなかった。まったくこのままでは、首を吊《つ》って死ぬより他にすることは……。

ブルドッグ

最初、那智《なち》の上層思念がいきなり私の意識領内にどっと流れこんできたときは驚いた。今から考えれば、そのとき那智に、私が彼の上部思考を読みとれることを、悟らせてしまったのがいけなかったのだ。二年前の話である。妻は買物に出かけ、部屋には私と那智しかいなかった。

那智は私たち夫婦が団地アパートの私たちの部屋で飼っているブルドッグだ。私はうろたえていたので、うっかりその時の那智の考えに同意してうなずき、「そうとも」と口にしてしまったのである。那智は私が腰をおろしているソファの前で立ちあがり、短い尾をピンと上に向け、まっ赤な眼で私の顔をまじまじと見つめた。

「何？　あんた今、何いうた？」

私の意識は那智には感得できないらしい。私は言葉で答えた。

「いや別に……」

「ごまかさんでもええ。今わしの考えたことわかったみたいや。今わしの考えたことわかったたん違うか？　どや？」

「まあね」

「何でや？」

「知るもんか。こんなことははじめてだ」

那智は不機嫌そうに、盛りあがった肩の肉をゆすりあげるようにしてすくめた。

誰だって自分の考えを読まれていい気持はするまい。

やがて、私の場合は犬の思考しか読み取れないことがわかった。犬以外の動物や人間の精神は感応できないのだ。このことはあきらかに、私が犬好きだったことに関係があるらしい。妻にも話したが、彼女はもちろん笑って冷やかすだけで信用しなかった。考えてみると、那智の考えが私に通じるということを証明する方法はひとつもない。

だが私に那智の意識が受容できて、妻にできないというのも不思議だ。むしろ彼女の方が私より犬好きなのだ。しかし私たち夫婦よりも犬好きな人はいくらでもいるのだから、恐らくその人たちには超能力者としての素質がないのだろう。とすると私のこの超能力は、今まで私の中に潜在していたのだろうか。そうとしか考えられない。

ところで、犬や猫を可愛《かわい》がっている人の中には、彼らと話しあうことができたら、さぞ面白いだろうと思う人も多いだろう。私も以前はそう思っていた。だがそれはとんでもないことだと、最近では身にしみて感じている。だいたい彼らが人間と仲がいいのは言葉が通じないためであって、もし両者に言語が介在したら、彼らの無神経な粗暴さや、むき出しの欲望にぶつかってどんな我慢強い人でも厭気《いやけ》がさすに違いない。

那智はやがて私にいろんなことを要求するようになった。私が彼の願望を見透《みとお》せることを知っていて、わざと私に向けて意志を具体的に投げかけてくるのだからしかたがない。いわく、銀の首輪を買ってくれ、肉類をもっと食わせろ、ベッドを作ってくれ。たいていのことはきいてやったが、次第にわがままになり、脅迫的になってきたので私もうんざりしてきた。

「なぜお前に、そんなにまでしてやらなくちゃならないのかな?」と私がいうと、

「そない思うか?　してくれた方がええの違うか?」

そういって彼は、右足を斜め前に出してトンと床に置く。人間ならさしずめ、ポケットへ両手を突っこんで、すくめた肩をゆすりながら靴さきで床をトントンやる図である。

「してやらなくちゃならない義理はなかろう？」

「そない思うか？　ほんまにそない思うか？　してくれた方がええのん違うか？」

「なぜ？」

「してもろてあたり前や思うけど」

「そうか。愛玩犬《あいがんけん》及び番犬としての義務を果たしてるから、僕に飼い主としての義務を果たせというんだな？」

「まあ、そや」

意志の通じるところには、必ず権利の争奪と義務の押しつけあいがある。

「それが厭や言うんやったら、わしはもう、あんたの思い通りにはならん思うてくれ」

「何をする気だ？」

「そやな、あんたのだいじな客に嚙《か》みつかせてもらおうか。もちろんあんたには、今まで通り可愛がられてはやらんさかい、そのつもりでな」

可愛がられるという顔じゃないので、私は吹き出した。彼は牙《きば》をむいた。「何がおもろい？」

「僕にもし感応力がなければ、お前だってそんな無理はいわないんだろ？」

「わしがいつ無理いうた？　とにかくあんたにはわしの考えわかるんやさかい。それ知ってるさかい、わしはあんたに、わしがしてほしいこと言うてるだけやで。無理なことは言えへん。黙ってしてくれた方が、喧嘩《けんか》にならんで、ええのん違うか？」

そういわれると何もいえなくなってしまう。組合を恐れる資本家の気持がよくわかった。那智が要求することは、多少の犠牲を払ってでもしてやろうと思えばできることばかりだからしてやれないということを証明することはできないし、したがってそれを那智に納得させることもできないのだ。

さらに、私の意識に訴えかけてくる那智の願望は、那智自身の意識によって選択され、自我の強化によって発散されたものばかりだから、那智が本当はどういう考えを持っているのか、よくわからないのである。

つまり、私に対する那智の要求は彼の本当の希望なのか、それとも単に私を困らせるためだけのものなのか、私にはわからないのだ。精神を集中して彼の意識の下部構造へ探りを入れようとすると、その私の念力が彼には圧迫として感じとれるらしく、ぴったりと超自我で意識の流れに大ダムを作りあげてしまうのである。

「僕は君をクビにすることもできるんだぜ」

「何さらす。わしがいつ、あんたに雇われた？　あんた、わしに金くれたか？」

「僕のいうのは、君を売りとばすこともできるっていうことさ」

「そんなことしたら、あんたが損するで」

「どうして。君の種族は絶えかけてるから、すごく高く売れるんだぜ」

「そやろ？　そやさかいあんたは、高価《たか》い犬飼うてること皆に自慢できるんやないか」

たしかにそうだ。私は自分がブルドッグを飼える身分であることを誇示していた。彼が私の社会的地位をあらわす紋章のひとつであるという点でたしかに私は今まで彼に、相互に依存する関係を結ばせ、それを続けてきた。そんなひけ目があるため、今さら一方的に、那智の意志を無視して売りとばすことはできない。那智は私のそんな気持を知っているし、彼にしたって、ここが自分の意志を認めてくれる唯一《ゆいいつ》の場所なのだから、どこへも行きたくないにきまっている。

ある日、とうとう那智はとんでもないことを言いだした。

「わしに女房貰《もろ》うてんか」

私は新聞を持ったままソファの上でとびあがった。

「冗談じゃない。お前一匹を飼うのにさえ、このアパートの人全部の承諾を得るのに大変だったんだぞ。場所もない。二匹も飼えるもんか」

「そんな気か。自分は別嬪《べっぴん》の女房貰うてるくせに。言うとくけどな、わしも男やで。あんたらが昼間からいちゃついてるの見て、どないもない思うてるんか？」

私の妻は以前ファッション・モデルだったし、性的魅力は充分だ。犬ながら那智が妙な気になるのも無理はない。

「じゃ、公園へ行けばいくらでも相手がいるだろ？　すみれちゃんの飼ってるパールはどうだい？」

「あれ年増《としま》や」

「じゃ、お吉は？」

「あれも後家や。それにわし、シェパードは好かん」

「どうしろというんだ？」

「坂本のペスがええ」

坂本というのは団地のはずれにある鳥獣店だ。

「ペスって、あのドーベルマンの雌犬か？　ありゃあ駄目だよ。とても高いんだ」

「あんた、金持ってるやないか。自分も別嬪の女房持ってるやないか。買《こ》うてえな」

「いいか。僕のワイフは、僕を愛してたから僕と結婚したんだ。彼女の愛情は、僕の地位や財産とは関係がないんだ」

大きな声を出してしまったので、台所にいた妻がフライパンを持ったまま出てきた。

「そんなこと、どうしてあなたにわかるの？」

那智がそれ見ろといった表情をしたので、私は顔を赤らめて妻にいった。

「君にいったんじゃないんだ」

妻は、またかというように私と那智を見くらべ肩をすくめた。

「そう、でも那智に変なこと教えないでね。私、犬になめられたくないわ」

妻は台所へ去った。白い麻のスカートに、パンティの線がはっきり浮き出ている。私は虚勢をはって那智に向き直った。「とにかくお前な、一度とっくりと鏡を見るんだ。そして自分の顔と相談するんだな」

那智はたちまちふくれあがった。「顔のことというたら噛むぞ。わしがそれ気にしてない思うてるんか。自分の顔のこと棚にあげて、何さらす」

お互いに顔のことをいい出すと喧嘩になるから、私は黙った。それから数日は気まずい日が続いた。

那智が厭がらせを始めた。わざわざ私の横に来て、猥想《わいそう》に耽《ふけ》りだしたのだ。その対象が主として私の妻だったので、私も頭にきた。ある日などは、ソファに腰をおろしている私の横に寝そべって、畳の間で家計簿をつけている妻を凝視しながら、やにわに頭の中で彼女を裸にしはじめたのである。服や下着を順に脱がせ、最後にパンティだけが残ったとき、私はあわてて立ちあがった。

「しかたがない。それじゃあとにかく、坂本鳥獣店へ行ってみようじゃないか。先方が何というか、意向を確かめなくちゃな」

本当は野次馬根性で、那智が雌犬を口説くところを見たかったのだ。私たちはアパートを出ると、団地前の公園を抜けた。

ベンチの横には汚ない雑種の野良犬《のらいぬ》が寝ていた。少し毛に泥がこびりつき、禿《は》げた部分の肌が赤く荒れている。

以前、この犬がどんなことを考えているかと思って、意識をさぐって見たが、憎《ぞう》悪《お》のかたまりのような薄気味のわるいどろどろしたものが出てきたので、あわててやめたことがある。

坂本鳥獣店の檻《おり》の中には、十二、三匹のスピッツやシェパードの仔犬《こいぬ》に混って、ペスが美しい寝顔を見せていた。那智はペスを見ると、急に不恰好《ぶかっこう》な足をガタガタふるわせはじめた。私が彼女の名を呼ぶと、ペスはうす眼をあけて少し首をあげ、こちらを見た。私は那智の尻《しり》を靴さきで少し押しやった。彼はガクガクと二歩進み、檻の前にべったり尻をおろしてペスを見あげ、口説きはじめた。

「あ、あ、あんたは別嬪さんやな、いつ見ても。わ、わしあんたがわしの嫁さんになってくれたらええ思うてな、ほいでからに、主人に頼んで、いっしょにここへ来て貰うたんやがな」

ペスは寝そべったままで美しい眉《まゆ》をしかめ、白いきれいな牙を見せた。

「やなこったい！　あたいはあんたみたいなデブのスケになる気はないね。あんたのボスがあたいを買うんなら仕方がないけど、でもあたいは、あんたの思い通りになんか、なってやるもんか」

「まあまあ、そんなこと言わんと……」那智は檻の方へいざり寄った。興奮したためか、小便を洩《も》らしていた。「も一回よう考え直してくれや」

「しつっこいわね。やだったらやだよ。さっさとお帰りったら、皺《しわ》くちゃ！」

私は那智が可哀《かわい》そうになってきた。値段さえ安ければ買ってやってもよいと思ったので、私からもペスに頼んで見た。だがペスの気持は変らず、けんもほろろの挨《あい》拶《さつ》だったのでしかたなく那智の首をたたいて言った。

「おい、もうあきらめるんだな」

那智は恨めしそうに私の顔を見あげた。私には那智の気持がよくわかった。私にはペスの意向がわかっている以上、なおもペスを買ってくれと頼むことは那智にはできないのだ。今まで自分の意志を押し通してきた以上、ペスの気持を無視してくれと私に望むことはできないし、また私がそんなことを絶対にしないだろうということも、今までの経験から彼はよく知っていた。今度だけは那智も、私に犬の意識を読みとる能力があることを恨んだに相違なかった。

帰途、さすがに那智は沈んでいた。それでもまだ、彼は未練たらしくいった。

「買うてくれさえしたら、口説き落せる自信は、あるけどなあ」

私は首をゆっくり横に振り、黙って歩いた。急に那智が立ち止った。拡《ひろ》げた四つ足をふるわせ、まっ赤な眼をして、泣きながら喚《わめ》き出したのだ。

「おぼえとれ！　あんたには、わしのこのつらさがわからんやろ！　わしはな、いままで振られたこと一回もないんや！　みんな口説き落したんやぞ！　わしの口説き方のうまいことあんたは知らんやろ！　まあ見とれ！　思い知らせたるさかいに！」

那智の突然の激昂《げっこう》に驚いた私は、彼の「口説き」の自信がどれほど大きいものなのか、その時はまだ読み取れなかったのだ。

数日後、外出から帰った私は、いつものようにソファに落ちつき、新聞を拡げた。那智は私の足もとにうずくまり、妻は台所にいた。そのとき那智が「牛乳が飲みたい」と発信した。面倒臭かったが、知らん顔をしているとまた厭がらせを始めそうなので、私は新聞を置いて立ちあがりかけた。だが妻がスープ皿に牛乳を入れて台所から出てきたので、私はまた新聞を取りあげた。しばらくして私は、ふと気がついて妻に訊《たず》ねた。

「君も、那智のいうことがわかるのか？」

妻は食卓の用意をしながら黙ってうなずいた。私は少し驚いた。おしゃべりの彼女がそんなことを黙っていたというのは少しおかしい。

「いつからだ」

「二、三日前からよ」

「何故《なぜ》黙っていた？」

「言うほどのことじゃないわ」

少しあきれて、私は妻と那智を見くらべた。妻がまた台所へ去ったので、私は那智に訊ねた。「何か話したか？」

「ああ話したで」

「何を？」私はニヤリとして那智の顔を眺めた。「口説いたんじゃないのか？」

那智は平然として言った。「口説いた」

私は那智に口説かれている妻の顔を想像して、プッと吹きだした。笑いながら訊ねた。

「で、どうだった？　口説き甲斐《がい》はあったのかい？」

あいかわらず平然としたままで那智はいった。「あった」

私はまだしばらく笑っていた。やがて、二、三日前からの妻の私に対するいやによそよそしい態度を想《おも》い出して真顔に戻った。と同時に、膝《ひざ》がしらが小きざみに顫《ふる》えはじめた。

トーチカ

1

ゆうせん（遊戦）名　もっぱら火星上で、二組に分れて実戦し勝敗を争う遊戯。武器は二〇五〇年代以前に使用されあるいは発明されたものに限られ、ゲームはグループの一方が降伏又は全滅するまで続けられる。参加者は成人男子に限られ未成年者及び女子の参加は違法。（以下詳細中略）二一〇一年頃より以降、攻撃衝動抑圧による神経症と各種犯罪が激増したため、二一〇六年科学省精神統制局より立案され、二一〇九年法文化された合法的戦闘。＝遊戦地域（新プロフリガシ大辞典）

遊戦法（各地区共通）

第九条〔地域〕遊戦地域は遊戦局地域部が各件毎《ごと》に指定した一定地域に限られる。該当地域外の如何《いか》なる場所に於《お》いても戦闘あるいは戦闘に類似した行為をなしてはならない。

＊

スロップ 名 俗 非行青少年グループ間に流行している奇矯なる言語の総称。廃語となった旧英国及び米国語 throb〔n.v.〕より復活《リバイバル》した俗語で、早口で喋《しゃべ》り続けるのを聞いていると胸が動悸《どき》動悸《どき》してくるというところから生まれたもの。（例＝ゲタ野郎・使いものにならない男の意。昔ゲタという武器があったが、実戦においてあまり効果はなかったという）（現代流行語小辞典）

＊

〔アルピトラリ・イヴニング・ポスト二月十四日社説欄〕遊戦の悪影響は少年たちの「遊戦ごっこ」による事故や非行少年グループの違法遊戦事件となってあらわれた。科学省の当初の目的であった「成人における歪曲《わいきょく》された不健康な精神の浄化作用《カタルシス》」という役割は、あるいは果たされたかもしれない。遊戦制度に反対するのではないが、現在の方法は決して理想的なものとはいえないようである。合法的とはいえ殺人は殺人なのだから、これを如何に未成年者に納得させるかが問題であろう。専門的な心理学用語による解説や意味づけは未成年者には通じない。科学省遊戦局及び広報局の再考を促すものである。

＊

（通達B―六〇二〇―四一）各地区巡視本部は五月一日以降未成年者の火星航行を遊戦法第十三条違反として厳重に取締まるよう右通達する。

2

薄緑色《クロレラ》の耐熱膜《ネッサマシ》がイガ栗《ぐり》型の長距離《アベベ》用散弾《アラレ》でボロボロに破《ズタ》れてしまい、それが速《エロ》射式光線砲《クエントリ・クラクラ》の照準孔《ガン・ホール》からもまる見え。トーチカの外壁《キモノ》と膜の間の真空部《バキューーン》に火星《おマル》の空気が渦巻《トグロ》いて流れこんでるのだ。今、熱線《ヤケド》の放射《ガブリ》を受けたら耐銹鋼《ステンレスチール》の外壁《キモノ》はひとたまりもない。修理《リペア》にノコノコ出て行くような無茶《ヌード》な奴《やつ》はいなくて、皆、補修液《チューインガム》を壕《アナ》の中から手動放射管《カパシティ・ホース》で吹きつけるだけ。まっ黒《ワイアブラ》な火星《おマル》の空《ドーム》を背景《カキワリ》に白《ナマ》い光線《クラクラ》と黄色《ババチ》い熱線《ヤケド》と赤《ヤバ》い火花《マルマン》が発止《チヨウチヨウ》とからみあい、焦点《レンズ》のあわない眼球《ラミネ》はピントのズれた望遠鏡《ロングスコープ》。うわあ、俺の網膜《レテイナイテイス》のちぢれ具合。

敵《ベネミ》は六人味方《サポータイ》五人。最初《マエコマ》は味方《サポータイ》も六人だったが、さっき隊長が漂流熱弾《リモコンクラゲ》にやられたばかり。その飛沫《オツリ》が俺の温度調節服《レギュレーター》にまで飛び散《ヒマツ》って隊長オシャカ俺ハダカ。浄気装置《エアコン》の酸素《ミルク》ボンベには穴があいて、メダカがけんめいに修理《リペア》っている。地球《おテラ》での元気《ヘルタス》もどこへやら奴は顫《ブル》っている。しかしお子達《ベビーギャング》用の似而非拳銃《ピストロイド》や偽小銃《ガンモドキ》で遊《シケコ》んでいたのとはわけが違うから奴も必死《トサカ》だ。酸素《ミルク》が稀薄《シン》がってきたので、クールがあわてて床《インリヨク》に火星《おマル》型プレジュデス氏液をぶちまける。少し塩素《クローリン》臭いがこれでしばらくは呼吸困難《セチナイ》のが防げる。さっき麻痺銃《パラライザー》にやられて俺の膝《エクボ》はまだガタガタ。ほとんど腕《ピストン》の力《リキホルモ》だけで速射式光線砲《エロクエントリ・クラクラ》の砲身《イチモツ》にぶら下がっているのだ。照準台《ラクチンパネル》はさっきの熱線《ヤケド》で過熱《おコゲ》して坐《ペシャ》れない。敵《ベネミ》の小型武装宇宙船《トランジスタ・ママ》「冷凍処女号」はまだ完全な姿《ディオール・モード》のままで前方約八〇〇イガの場所、鋭角《アキュタングレ》なシルエットの丘《オッパイ》の麓《ツケネ》に直《ポ》立《ーズ》している。こちらからの攻撃《アタクリ》は、さっきから全然敵《ベネミ》に被害《イタイタ》を与えてないのだ。俺は焦《イラサイト》した。敵《ベネミ》は光線遮断膜《サランラップ》を使っているらしい。さっきから横でブラックが撃ちまくっている短針銃《ミッセシキ》で、少しは破《ズタ》れている筈《はず》だ。この銃は二〇一一年に発明《アネクスペクト》されたものだが、使っているのは俺たちのグループだけだ。現在《レイトリ》は何処《イズコ》の会社《カンパン》も作《メク》ってないからすごく高価《ゼイキン》だ。こいつは名前《ネムエ》の通り直径《バイアール》百ミクロン長さ五ミリのタングステン・シリコンの針《ステイング》を喇叭《ナガタ》型の銃口《マズル》から一秒に二〇〇〇本の速度《テンポ》で発射《チビ》れる。エネルギーは超高圧《スーパー・ハイ・プレジュア》炭酸ガスだから、超《スーパー》ハイマンガン鋼《スチール》でさえ紙《カード》のように貫通《アダルタリ》する。だが具合《ハンデ》の悪いことには敵《ベネミ》の遮断膜《サランラップ》は無色透明《ホンニオマエワヘノヨウナ》、どこが、破《ズタ》れてるのか、こっちからはわかりようがないから、しかたなく俺はめくらめっぽう光《クラ》線《クラ》砲を撃ち続ける。この光線《クラクラ》砲は核融合装置《ベッチンガー》を内部《ベリイ・コンディション》におさめてガンマー線を発生《メク》らせる式の奴だ。

ニュースだけ聞けるようにセットしたマイクロ・モジュール・ラジオがいきなり喋《ベラ》り出した。

「科学省首脳部と科学者連盟代表との今回の会議も、やはり失敗に終った模様であります。科学省首脳部の説明によりますと、軍政部よりの任命者が圧倒的に多い科学省にとって、科学者連盟よりの政策への介入は、恐らく人事的に非常に困難な事態が伴うだろうという予測から、やはり今回の連盟の申し入れも拒絶せざるを得なかったとのことであります。一方、科学を知らぬ科学省首脳部を不満として、しばしば申し入れを行っている連盟側では、この会議の失敗に関しては固く口を閉ざし、まだ何ひとつ声明を発表してはおりません。しかし、やがて何らかの形で科学省に対する不満を表明するであろうと予想されています。現在、この表面化した両者の対立は今までに例を見なかったほどはげしいものであり、最悪の場合、双方が実力行使に出ることも考えられ、不安のうちにその成り行きが注目されています」

お役人《ショク》と科学者《ヴエクスパート》の反目《ニラミツコ》は今に始まったことじゃない。電子頭脳《アタマ》の基本構造《ハイセン》も知らずに、鋼鉄製机《ネコス》でベタベタめくら判を押してる役人《オシヨク》が、高速《フル・スピード》で進歩《ゴハツテン》する現今《イマ》の科《エン》学《サイス》について行ける筈がない。

敵《ベネミ》の超小型水爆《ハンド・エッチ》がトーチカの上で爆発《オサン》したらしい。トーチカは大きく震《ブル》い、メダカが誇大《オーバー》に顫《ブル》い出した。

「グ、グッと大丈夫か?」

その顔を見てクールがせせら笑った。「グッとよしな、メダカ。その顔はグッと何かン時ン顔だぜ」そういって、また笑った。「何かン時ン顔だ」

ブラックが短針銃《ミッセシキ》を撃ちまくりながら、恐怖心《ヒチコック》に負けまいとしてるみたいに怒鳴《シャウト》った。

「畜生! グッとやりやがったな! グッと色情狂《セクソロジスト》の腰くだけ野郎め! グッと×2□ア○…☆め! グッと〓《ゲタ》A…ⓐ◎△◇め!」

彼は興奮《カッカ》すると早口《ペラノイヤ》になるので、何を言ってるのか俺にさえわからない。もう一発、超小型水爆《ハンド・エッチ》が爆発《オサン》し、俺は砲身《イチモツ》に胸板《ピット》をはげしく打ちつけてしまった。

「わあッ! グッとさっき食べたばかりの昼飯《ゴーセイショク》がグッと胃袋《ゴミイレ》の外側の内側の外側へグッとにじみ出しT来たア!」

ボンゴが今まで撃ち続けていた太陽銃《ソル・ガン》を投げ出して吐息《アオイキ》。

「ええい、グッとバッテリーからっぽ!」

太陽銃《ソル・ガン》は太陽《フィクス》の光にあててエネルギー・バッテリーの受光装置《ウエルカム・コーン》から熱エネルギーをたくわえる式の銃だから、太陽《フィクス》の見えないところでバッテリーがからっぽになってしまえば使用不能《インポテンス》になるのだ。当然《ホント》。

こっちからの攻撃《アタクリ》がヨワくなったので、敵《ベネミ》はここぞとばかり攻撃《アタクッ》てきた。火焔《バショー》銃《セン》のフレームと熱線《ヤケド》、光線砲《クラクラ》の閃光《クラクラクラクラ》が交叉《エックス》して……。

そしてミサイル弾の飛翔音《ハネオト》。

ユルルルルルルルルルルルルルルルルル。

ユルルルルルルルルルルルルルルルルル。

火花　火花　火花

　火花　火花　火花

どうやら敵《ベネミ》は、後部《オシリ》にオネスト・システムをおさめた携帯《ハンド》ミサイルでもって超《ハ》小型水爆《ンド・エッチ》をバカスカ撃ちまくっているらしい。その一発がボンゴの照準孔《ガン・ホール》にぶちあたった。衝撃《インピンジ》でボンゴは太陽銃《ソル・ガン》を抱いたまま後方《アッチ》へはねとばされ、ちぎれた彼の首《ドタマ》がさらに十六イガ後方《アッチ》にとび、そのさらに二〇イガ後方《アッチ》には彼の眼球《ラミネ》がころがった。

「うわあ！」

メダカは泣き出した。直径《パイアール》三〇イガばかりのせまいトーチカ内を、うろうろと逃げまわっている。つれてくるんじゃなかった。

　また、マイクロ・モジュール・ラジオ。

「科学省が軍部に保護を要請しました。科学省は先ごろより科学者連盟本部内に連絡員を置き、刻々と情報を得ていましたが、今日、会談終了直後よりその連絡が絶え、各地からは全国各連盟支部に不穏な様子が見られるとの情報が入りましたので、連盟が科学省に対し、何らかの手段でいっせいに実力行使に出るものと判断し、先に述べた軍部への要請となったものであります。これは前回や前々回の科学者デモなどとは異なり、決して楽観できる状態ではありません。科学省の主導権《ヘゲモニー》を握るため、あるいは連盟側は兵器を使用してまでも実力行使に出るつもりではないかと予想されます」

　道理《ホイ》で宇宙巡視艇《カナブン》に一隻《ピキ》も出合《でく》わさないと思った。地球《おテラ》じゃ本ものの戦争《ドンパチ》が始まりかけてるのだ。この分じゃきっと合法《リーガル》にせよ違法《モグリ》にせよ、今火星《おマル》で遊戦《ママゴト》をやってるのは俺たちだけだろう。

　ボンゴがオシャカになってメダカはゲタだからこっちの戦闘員《アタクリスト》は結局《トドンツマリ》、俺とクールとブラックの三人になってしまった。敵《ベネミ》が六人ということは最初《マエコマ》からわかっているが、この分じゃまだ向うはひとりも減《デイミイニ》ってないに違いない。

クールが俺に怒鳴《シャウト》る。

「オイ！　グッと非常手段《エクストラオリジナリ》！　空間歪曲銃《ショートカット》の磁場変動弾《ヒッコシ》を、その光線砲《クラクラ》にグッとぶちこんでグッと撃ちまくろうぜ！」

俺は驚《オロロ》いた。この磁場変動弾《ヒッコシ》は、爆発《オサン》した周囲一〇〇イガに範囲内《ツツマレ》た物体《バンシヨウ》をすべて他次元空間《アノヨ》へ飛び込ましちまうのだが、もし相手《ベネミ》の防護手段《タイセイ》が完全《ガチリンコ》だと、あべこべにこっちが吹き飛ばされちまうという、相対的自暴自棄的一か八か的爆弾なのだ。おまけにこの弾を光線砲《クラクラ》へぶちこんで……となるとどうしても一度に四個は必《ネサ》要《シテエ》だ。これは大変威力《ドデカイ》になる。しかし隊長がオシャカになった今、副隊長のクールの命令《イイブン》をきかないわけにはいかない。俺は砲の放熱器《ヒステリヤ》と熱交換装置《インターコーサー》とフードを取りはずして、かわりに反動消去装置《タフトン》をセットし、四個の磁場変動弾《ヒッコシ》と火薬《クロモヒ》を砲身《イチモツ》へ投げ込んだ。突然《サドンリ》、クールが信じられない声《ヴイックス》を出して叫《クラ》んだ。

「ひやあ！　グッと奴ら不可解！　ノコノコ出て来やがったぞ！」

敵《ベネミ》の宇宙船《ママ》の気閘《エア・ロック》が開き、防護服《オムツ》で武装《オシャレ》した六人が地上《グランド》に降り立ち、こちらへゆっくりと歩いてくるのだ。奴らはこちらの持っている武器《アミ》をよく知っている筈なのだから、これは自殺《テメエマーダ》に近い乱暴《ヌード》さである。

「グッと奴ら、何のつもりだ」

ブラックが叫《クラ》いながら、今だとばかり短針銃《ミッセシキ》を撃ちまくり出した。だが焦《イラサイト》してるので、なかなか狙《ガンツケ》が定まらない。

「わかった、グッと了解」クールが指を鳴らす。「針《スティング》が奴らの宇宙船《ママ》さんの表面《おハダ》を軽石《アカオトシ》みたいにしちまったんだ。宇宙船《ママ》の中《オナカ》にたてこもっている必要《ネサシテエ》がなくなっちまったので、グッと奴ら特攻隊《ヤビレカビレ》！　敵《ベネミ》の損害《イタイタ》も大きいらしいと見たぜ！」

宇宙船《ママ》がやられちまっては奴ら地球《おテラ》へ帰《リタ》れない、それで自暴自棄的《ヤケクソイック》になったのだろう。こっちは戦闘地域《テッカバ》へ先に到着《ゴールイン》して宇宙船《ママ》を隠し、トーチカを作っちまったのだから、グッと有利《ディスハンデ》なのだ。

　またマイクロ・モジュール・ラジオが叫《クラ》い出した。

「臨時ニュースを申しあげます。今から約二分前の三時八分に、突然科学省本部を中心とする五〇〇〇イガ四方の地区が消失いたしました。日本地区トキョ街の科学省支部では、これを科学者連盟の新兵器による攻撃と見て、ただちに科学者連盟本部及び各地の支部に対し報復攻撃を加えるよう軍部に要請した模様であります。

なお各地区科学省支部は、次つぎと消失している模様でありまして……」

アナウンスが途切れた瞬間、あたりがパッと明るくなった。

「見ろ！　グッと空《ドーム》を見ろ！」

俺は空《ドーム》を見た。そこにあった筈の地球《おテラ》は、ちっぽけな太陽《フィクス》になっちまっていた。

「うわあ」

ブラックが悲鳴《キャンセイ》をあげた。俺も一瞬、目の前がまっ暗《ワイアプラ》になった。

「糞《ウンコ》！　科学者《ヴエクスパート》どもの馬鹿野郎《うるとらふうりすと》！　柄にもないドンパチなんか始めやがって！　見ろ！　俺たちの帰《リタ》るとこがなくなっちまったじゃないか！　畜生《よつあし》！　大学《カレジ》で愚鈍《うすのろ》学《じい》でも教えてりゃいいものを！　下手に政治《マチアイ》なんかにちょっかい出しやがって！」

クールも喚《わめ》き出した。

「白痴《タワケ》！　グッと絶望感！　グッと空虚！　俺たち今ン今から宿なし！　どうして本当《ホント》の戦争《ドンパチ》なんかやらかした！　それやらないための遊戦《ママゴト》やらしといて自分たち戦《ドン》争《パチ》やってそれグッと不合理！　政治家《おシヨク》の糞《ウンコ》たれ！　おろか！　痴愚！」

考えて見ると、今まだ地球人《レイチヨウ》として生き残っているのは、火星《おマル》にいる俺たちだけなのだ。敵《ベネミ》の六人と味方《サポータイ》の四人と。こうなれば遊戦《ママゴト》どころではない。俺たちは声《ヴイックス》をはりあげて怒鳴《シャウト》った。

「ええい！　休戦《ヒルネ》だア！　本物《ホント》の戦争《ドンパチ》だぞお！　撃つのグッとやめろオ！」

だが、八〇〇イガ前方《アッチ》にいて、武装《おシャレ》している奴らに、こっちの肉声《ヴイックス》が聞こえる筈がない。あたりが明るくなったのは俺たちが照明弾《ナイター》を打ちあげたのだとでも勘違いしたのだろう。あべこべに、六人いっせいに火焔銃《バショーセン》を構えると、猛烈なフレームを見舞ってきた。焔《フレーム》の舌先《メラメラ》が破《ズタ》れた耐熱膜《ネッサマシ》の隙間《すきま》からトーチカの中へ躍りこんできて、ブラックとメダカを火だるまにした。十万度Cの猛烈な焔《フレーム》だ。二人は、アッとも言わずに、跡形もなくオシャカになった。もう無茶苦茶《ゼンスト》だ。どうせ地球は滅亡《おテラ》しちゃったんだから、俺たちだけが生きのびたって仕方ない。俺は磁場変動弾《ヒッコシ》の引金《トリガ》をひいた。

ショックはなかった。ただ、トーチカの前に直径《パイアール》一〇〇イガの穴ぼこができて、その上に乗っかっていた敵《ベネミ》の六人と宇宙船《ママ》も消えてしまった。奴らは他次元空間《アノヨ》へ行っちまったのだ。だが、「勝った」という気はしなかった。この世界《ヨ》に生き残ったのは、俺とクールの二人だけなのだ。俺たちは放射能で半分崩れかかった顔を見あわせた。

「とうとう俺たち、グッと二人だけ」

「グッと孤独」

「二人で、グッと生きて行こうぜ」

「うん。友好的親密的ベターハーフ的にな」

「ほいで、グッと子供も作ろうぜ」

　俺は顔を赤くした。気がついてみると、俺はハダカ同然。ところどころに焼け残りの温度調節服《レギュレーター》の端《は》ぎれがくっついているだけだ。クールは眼を細くした。

「お前のそんな恰好《モード》は、グッとくるぜ。考えて見りゃあんたは未成年《カンカイン》でしかも女《メロ》なんだから、ふたつ違法《モグ》ったことになるな」

「違法《モグリ》なんて、もう問題《ドウッテコト》じゃねえや」

　クールは舌打ちしながら首を振った。

「その言葉づかいはゾッとしねえな」

「じゃ、どうやるんだ？」

　クールはもともと女《メロ》で、一年ばかり前に換性剤《ヘンタイン》を飲んで男《ヤロ》になったのだ。俺《アタイ》はその逆なのだからお互いに先輩だ。

「もっとこう、グッと身をくねらせなきゃいけねえ。こういう具合にな。おやッ」

「おやッ」

「そうそう、その調子だ。あらッ」

「あらッ」

「いやッ」

「いやッ」

座敷ぼっこ

「どうやら座敷ぼっこがいるらしいな」

新庄先生は、女生徒たちの顔を眺めまわして、呟《つぶや》くようにいった。

夏期休暇が終って、二学期の第一日め。教室では新庄先生の受持ちの五十二人の女子高校生が、日焼けした顔を教壇に向けている。校庭の樹々《きぎ》の葉がガラス窓に緑に映えて、午後の教室は明るい。

今、新庄先生は、出欠をとり終ったところである。長身瘦軀《そうく》、そろそろ定年の近い、温厚な先生だ。先生は出席簿と生徒たちを見くらべながら、まだしきりに首をひねっている。

前列から二番目の、快活で頭の良い砂田良江が、よく透《とお》る声で先生に訊《たず》ねる。

「先生、その、座敷ぼっこってなんですか？」

新庄先生は顔をあげ、にこやかに皆の顔を眺めわたす。

「うん。近ごろの子は知らないだろうね。先生の子供のころには、座敷ぼっこというのがいたんだよ」

「その座敷ぼっこが、今、ここにいるんですか?」

「うん、どうやら、そうらしいね」

たちまちあちこちから声があがる。

「そのお話、聞きたいわァ」

「先生、そのお話、してください」

男子高校生と違って、大学の受験にそれほど血まなこになってはいない女の子ばかりの教室だ。先生が脱線すればするほど喜ぶのである。

新庄先生は、眼鏡の奥で眼を細める。みんな可愛《かわい》いのだ。彼女たちが甘ったれれば甘ったれるほど可愛い。

「先生の生れた山奥の村には、座敷ぼっこがいた……」

先生はゆっくり話しはじめる。さっそく教科書を鞄《かばん》に入れはじめた気の早い子もいる。

「大雪に閉じこめられた冬の夜、家の中に集まって遊んでいた子供たちが、ふと気がついてみると、人数がひとり増えているんだ。たとえば最初十人だったのに、いつの間にか十一人になっているんだ。これは変だ。いったい後からやってきたのは誰だろう？　そう思って子供たちがお互いに顔を見あわせながら、だれそれさんは、はじめからいたし、だれそれさんも……というように考えてみると、そこにいる皆が、最初からいた子ばかりなんだよ。でも、最初集まったときは、たしかに十人だったんだ。いったい誰があとから来たのか、どうしてもわからないんだ。そこで皆が、ああ、座敷ぼっこがやってきた、っていうんだよ。これが座敷ぼっこ」

「うわあ、こわい」

「気味が悪いわ」

女生徒たちは、急に騒ぎはじめる。砂田良江が先生に訊ねる。

「じゃあ、その座敷ぼっこが、いまこの教室にいるんですか？」

「うん、どうも、そうらしいんだよ」

「いやねえ」

「こわいわ」

「でも、どうしてですか？」と砂田良江。

「うん、先生はね、数字に強いから、何でもないことまで、わりあいによく憶《おぼ》えているんだ。この教室は、一学期はたしかに五十一人だった。ところが今見ると、五十二人になっているんだ」

「本当かしら？」

「本当だとも」

急に皆がガヤガヤ騒ぎ出す。

「そういえば、一学期は五十一人だったような気がするわ」

「そうかなあ、わたしは、最初から五十二人だったと思うんだけどなあ、たしか」

「じゃあ、先生、出席簿の、名前の上の番号は、どうなってるんですか？」

「それは五十二名になっている。でも先生の記憶じゃ、たしかに最初は五十一人だった。だからこれはきっと、座敷ぼっこが書き変えたんじゃないかな？　それに、机の並びかたをごらん。一学期は八人六列に並んで四十八人、七列めは三つしか机がなかっただろ？　それなのに、ほら、今は四つになっている」

「あっ、ほんとだ！」

誰かがキャッと叫んで、皆がいっせいに笑い出す。その笑いは、怖さをごまかすための笑いのようでもある。

「座敷ぼっこは、誰なんでしょう？」

「さあ、誰だろうねえ」

「出席簿の五十二番めの人じゃないかしら？」

「五十音順だから、最後は鰐淵《わにぶち》さんよ」

鰐淵美津子はあわてて立ちあがる。いちばん後列にいる背の高い子だ。

「変なこといわないでよ！　いやあね。私は一学期から、ずっと学級委員やっていたじゃないの。皆、憶えているでしょう？　私、座敷ぼっこなんかじゃないわ」

その言いかたが真剣で、声がうわずって顫《ふる》えているので、皆、クスクス笑う。

「これこれ、鰐淵君をいじめちゃあいかん。座敷ぼっこである確率は五十二人が平等に持っているんだからね」

「でも、一学期にいなかった人って誰かしら？」

「うん、先生もさっきから、一人ひとり順に顔を見て考えたんだが、みんな一学期からいたようだな。そういうのが座敷ぼっこなんだよ」

生徒たちは、お互いに顔を見あわせ、訊ねあう。

「あなた、一学期からいた?」

「あらいやだ。わたし、いたじゃないの!」

健康そうな顔を向けあって、ペチャクチャお喋《しゃべ》りしはじめた教え子たちを、新庄先生は教壇の上から、満足そうな微笑で眺めるのである。


初秋の夕暮、町はずれの公園を行く新庄先生の首筋に、背中に、涼しい風がやわらかく吹く。

新庄先生は帰途、いつもこの公園のベンチに腰をおろし、休憩するのである。煙《た》草《ばこ》をくゆらせながら、火の見やぐらの向うに薄緑に霞《かす》んだ遠い山脈《やまなみ》をぼんやり眺め、先生は郷里の山を想《おも》う。枯れ葉が先生の肩に舞い落ちて、あたりは夕陽にあたたかく染まっている。

「新庄先生」

教え子の稲垣英子が、手をあげ、セーラー服の衿《えり》をひるがえしながらやってくる。お下げ髪の似あう、色白の可愛い生徒である。彼女は新庄先生の横に腰をおろし、くりくりした瞳《ひとみ》で先生の横顔に笑いかける。

「ここ、とても涼しいですね」

「ああ。今、帰り？」

「ええ、コーラスの練習がありましたの」

「ほう、そうかい」

「今日の、座敷ぼっこのお話、面白かったわ」

「そうかね。君のお家はこの近所？」

「ええ、そうよ」

　そういえば稲垣英子が、公園の横の小道から、このベンチで休んでいる先生の方に手を振って挨拶《あいさつ》し、通り過ぎて行ったことも何度かあったように思う。踊るような足どりで帰って行く彼女のうしろ姿を見送った記憶が、たしかにあるようだ。

　稲垣英子は、自分のお下げ髪を指さきでもてあそびながら新庄先生に訊ねる。

「先生のお郷里《くに》は、遠いんですか？」

「ああ、遠いんだよ。この町からだと、汽車に一昼夜乗ってそこから更に半日バスに揺られてやっと着くぐらいだよ」

「ずいぶん遠いのね」

「ああ、とても遠いよ。でも、いいところなんだよ」

「そうでしょうね。でもわたしのお郷里なんか、もっともっと遠いのよ」

「ほう、君のお郷里はどこ？」

彼女は夢みるように、夕焼け空の彼方《かなた》を眺める。その横顔に浮かんだ笑くぼは無邪気そのものである。「とても、とても遠いところ」

「ほう。ひとくちには言えないほど遠いところなのかねえ」

新庄先生は笑う。空想家なんだなこの子は――と思う。

「じゃあ、ひょっとすると、座敷ぼっこは君なのかも知れないね」

そういうと彼女は首をすくめ、黒い鞄を抱きしめてクスクス笑う。

「ええそうよ。座敷ぼっこはわたしなのよ」

「でも君は、たしか一学期もいたじゃないか」

「ああ、それはわたしが、先生や他の皆に、そういう記憶をあたえたからなのよ。でもわたし、先生が数字に強いのを忘れていたものだから、うっかりして、五十一人という先生の記憶を消去しなかったの」

「なるほどね」

先生は稲垣英子の頭のよさに感心する。彼女の声は澄んでいて、その響きは耳に快よい。

砂場やブランコで遊んでいた子供たちも帰り、公園は静かになる。

「君は、どうしてそんな遠いところから、こんな町へやってきたのかね？」

新庄先生は、稲垣英子の声がもっと聞きたいのである。彼女は話しだす。

「わたしたちの郷里は、とても平和なのよ。そこでは芸術がいちばん盛んなの。わたしたちは、あらゆる国の芸術を学ぼうとしているのよ。みんな、あちこちへ芸術の勉強に行ってるの。わたしもここへ、勉強にきたのよ」

「ふうん。そんなところが、あったのかねえ。そんな平和なところなら、私も行きたいね」

「みんな、いい人ばかりなのよ」

「そして女の子はみんな、稲垣君のように、可愛い人ばかりなんだろうね」

稲垣英子は少し顔を赤くして、またクスクス笑う。

いつか公園は夕闇《ゆうやみ》の薄いヴェールに覆《おお》われ、芝生の中の街燈《がいとう》には灯がついていた。

稲垣英子はあわてて立ちあがる。

「わたし、帰ります」

「ああ、すっかり遅くなってしまったね。いそいでお帰り」

「ええ、さようなら、新庄先生」

「ああ、さようなら、また明日ね」

稲垣英子のすらりとしたうしろ姿が、樹の向こうに見えなくなるまで見送ってから、新庄先生はゆっくりとベンチから立ちあがる。先生の家は、公園のすぐ裏にある一軒家で、そこには病気で長く寝たままの夫人が待っているのだ。

今日も新庄先生は、公園のベンチで稲垣英子を待つ。

銀杏《いちょう》が黄ばみ、あたりはすっかり秋めいて、風もややうす寒くなってきていたが、先生はあいかわらず、ベンチで煙草をくゆらせる。落葉は、先生の足もとを走り抜け、広場に舞う。

やがて稲垣英子の姿が、公園の入口にあらわれる。彼女は快活に手を振りながら近づき、新庄先生の横に腰をおろす。

先生は、彼女がいきいきと澱《よど》みなく物語る遠い国の話に、いつまでもうっとりとして聞き惚《ほ》れる。それは先生に、遠い外国の話に夢中になった子供の頃のことを思い出させ、忘れていたいくつかの夢を想い起させるのである。彼女の声はのびのびとして明るく、情熱的でもある。若いひとはいいなあ、先生はつくづくそう思うのだ。

ある夜、新庄先生は稲垣英子の夢を見た。美しい国の美しい人たちに囲まれて、幸福そうに微笑《ほほえ》んでいる彼女の夢である。だが夢の中の彼女は、何故《なぜ》か、先生の郷里の女の子たちが着ていた筒袖《つつそで》の着物を着て、はしゃいでいたのだった。

冬が近づき、夕闇の訪れが早くなると、公園の木の葉は落ち尽し、街燈の灯も、なにかさむざむと感じられるようになる。もうすぐ二学期も終ろうとしていた。

新庄先生は、今日も公園のベンチで稲垣英子を待つ。山の方から吹いてくる木枯しが、先生の白い髪を乱す。先生は二本目の煙草に火をつける。

やがて、稲垣英子がやってくる。今日の彼女は、何故かしょんぼりしている。

「どうしたんだね？　元気がないね」

「新庄先生、わたし、ひょっとしたらこの冬、お郷里へ帰ることになるかもしれないんです」

「ふうん。で、帰ってしまったら、もうこの町へは来ないのかね？」

「ええ、来ないと思います」

「そう」

ふたりはしばらく黙ったまま、遠い雲をぼんやり見つめていた。やがて新庄先生は、彼女を元気づけるように、彼女の肩をやさしく叩《たた》く。

「また、きっと、会えるよ」

稲垣英子は、淋《さび》しそうに白い額を少し伏せ、それでも微笑しながら答える。

「ええ、いつか、またね」

次の日、稲垣英子は、学校に来なかった。

それでも新庄先生は帰途、公園のベンチに腰をおろし、煙草を喫《す》ってしばらく休憩した。

「また、冬が来るんだなあ」

先生はこのごろ、よくひとりごとを言う。

「郷里ではもう、雪が降り続けているんだろうな」

あたりが暗くなり、先生は三本めの煙草を捨てて立ちあがる。冷えたためか、腰のあたりが少し痛んでいる。

のびをして、腰をとんとん叩いてから、先生は、ゆっくりと歩き出す。

「座敷ぼっこは、冬が来たので、きっと山奥へ帰ってしまったんだろう」


冬休みが終り、三学期が始まった。

その第一日め、新庄先生は教壇の上から皆の顔を見まわして、おやと思った。二学期にはたしか五十二人いた筈《はず》の生徒が、五十一人しかいないのだ。誰がいないのだろう。そう思って皆の顔をもういちど眺めまわす。

だが、皆揃《そろ》っているのだ。出席簿も、五十一人になっている。しかし、机のならび方が少し変ったような気もする。

「おやおや」先生はひとりごとをいう。「これじゃあ、座敷ぼっこのあべこべじゃないか」

前列から二番めの砂田良江がさっそく大きな声で訊《たず》ねる。

「先生、その、座敷ぼっこって何ですか？」

新庄先生はゆっくりと話し始める。

「うん、座敷ぼっことというのはね……」

帰途、いつものように新庄先生は、公園のベンチで休憩する。

ゆっくりと煙草を喫いながら先生は、いつかここで、誰かと話していたような、ぼんやりした記憶に気がつく。

あれは、いつの日のことだったろうか？　今も先生は、自分が、やがてここへやってくる筈の誰かを待っているような気がしてならないのだ。

顔をあげ、煙草の煙をすうっと吐き出しながら町の彼方を見ると、そこには薄緑に霞んだ遠い山脈が白い帽子を被《かぶ》っている。

それを見るとき新庄先生は、長い間帰っていない郷里のことをまた想うのだ。

「遠いなあ」と。

タック健在なりや

大統領補佐官登用試験のほとんどの課程を終えた私――ヤッシャ・ツッチーニは、今日、最後のテストを受けるために、地球連邦政府文部省へ出頭した。

この試験をすべて通過したら、将来、地球連邦大統領という地位を約束されたことになるのである。地球連邦大統領というのは、文字通り地球でいちばん偉い人間だから、大志を抱く青年なら、誰だって一度はあこがれる。もちろん大統領になるには人間ばなれのした完璧《かんぺき》な才能が要求されるわけだが、誰だって自分を馬鹿《ばか》とは思っていないから、万一の幸運を期待して、大勢の青年が試験を受ける。私もそのひとりだった。

だが私は、他の奴《やつ》なんかとはちょっと違う。私は小さい頃から、自分は天才だと思い、近所の悪童連など相手にもせず、けんめいに勉強した。小学校、中学校、ハイスクール、いずれも一番で卒業した。そんなくらいだから、一流の大学ならどこへでも、自分の好きなところへ行くことができた。私はもちろん、地球上の秀才が集まっている地球大学政治学部へ入学した。代々の大統領も、ほとんどがこの大学を出ている。だから登用試験を受けようと望む青年なら、誰だってこの大学を希望する。

しかしながら、この大学の募集人員は、たったの五十人である。この頃の世界総人口は百二十億だから、私と同じ歳《とし》ごろの青年は少いめに見て一億はいるわけだ。その中の約半数――いや、三分の一がこの大学を受験したとしても三千三百万人なのである！　合格率は約六十六万分の一だ。誰だってこの数字だけで自信をなくしてしまう筈《はず》なのだ。世の中にはうぬぼれ屋が多いと見えて、ちょっとよくできる奴はみんな、一度はこの大学を受験する。まぐれ当りの幸運を狙《ねら》うわけだ。だが、私はそうじゃない。自分の才能を確信していたから、パスするのは当然だと思い、受験前には受験勉強どころか、大統領補佐官登用試験問題集を片っぱしから読破していたくらいである。

さて、この大学の入学試験は、あまりの多数の応募者数のため、各地方毎《ごと》に――つまり六大洲《しゅう》六地区に分れて行われた。私はその試験にはもちろん合格し、さらに中央――地球連邦都市にある地球大学で行われる最終試験にも、一番でパスした。大学在学中だって一学期ごとに試験があり、それに落第した奴は退学になる。――ひと昔前のように、追試験なんて甘っちょろいものなんかない。退学なのである！

私の一学年上級に、タックという、よくできる奴がいた。当然のことだが、この男ももちろん大統領補佐官を狙っていた。皆の話では、このタックという男は、どうやら私と同程度の頭脳の持主らしく、五年さきに行われる登用試験では、おそらく彼とこの私とが首位を争うことになるだろう、というもっぱらの噂《うわさ》だった。

タックと初めて会ったのは、校庭だった。私は二、三人の学友といっしょだった。

「おい、ヤッシャ！　あれが君のライバルのタックだぜ」

友人に耳うちされ、私は彼の指さす方を見た。タックもやはり、数人の友人に囲まれて、校庭を私たちのいる方へ歩いてやってきていた。彼は、見たところ私よりも背が高く、恰幅《かっぷく》もひとまわりは大きそうだった。彼の眼は、虎《とら》のように光っていた。

――こいつは油断のならん相手だぞ。私はそう思った。その時、タックがこちらを見た。私と彼の視線が、一瞬、宙でぶつかりあい、火花を散らした。残念ながら私の身体《からだ》は、ぶるぶると顫《ふる》えた。彼の眼の光が、私に胴ぶるいを起させたのである。しかしあとで聞くと、タックも私を見た時、やっぱり顫えたと友人に洩《も》らしていたらしかったので、私は少し胸が静まった。

登用試験は十年に一度行われる。具合のいいことに、次の試験は私のちょうど卒業した年に行われることになっていた。二一三五年——この年の受験者総数八十八万二千五百名。この中から一人だけが選ばれるというわけだ。

さて、たちまちのうちに五年の月日が経《た》ち、いよいよ試験の日が来た。

まず第一日め。この日は政治学、経済学、社会学、修辞学、論理学、哲学、各種法学、世界歴史、世界文化史、文化人類学、民俗学、教育学、理論心理学、美学、芸術史学の試験があり、これで約十分の九の人数がふるい落された。

第二日めは高等数学、応用化学、大脳生理学、電子工学、精密機械工学、原子物理学、位相幾何学、実験及び臨床心理学、精神分析学、各種医学、各種薬学などの試験とともに、性格診断、大統領としての適性テスト、健康診断、脳波その他各種反応測定、遺伝子の分析等があり、これで残りのほとんどが、ふるい落された。

私はもちろん、これらすべての科目に百点をとり、次の課程へと進むことになった。ただ、論理学だけが九十九点だった。答案の本筋には関係のない部分の単語の綴《つづ》りを一カ所だけ間違えたからである。もちろん不注意によるミステイクだったのだが、大統領ともなれば、不注意は禁物なのだ。

――と、いうわけで今日、三日めの科目に進んだのは、結局二人だけになってしまった。私とタックの二人である。

タックは、私同様のケアレス・ミステイクをひとつだけ、哲学の方で犯していた。私とほぼ同点というわけだから、今日の成績次第で、どちらが登用されるかが決るのだ。この日のテストは、体育科目だった。大統領には、完璧な肉体と運動神経が要求されるのである。

まず、跳、走、投の試験が行われた。これもタックと私は、ほぼ同点だった。ハンマー投げで一方が抜きん出れば、棒高飛びで他方が先んずるといった按配《あんばい》である。審査員、つまり試験官たちも、これでは最後まで五分五分の判定が続くのではないかと思ったらしく、最後の忍耐力テストは、ちょっと変った趣向でいこうということになった。

私は心臓が強く、精神力も充分ある。忍耐力テストには相当自信があった。しかしタックの方も、あれだけ激しいテストを続けさまにやりながら疲労した様子はぜんぜん見せなかった。

私たち二人は、四坪ほどの薄暗い部屋へ入れられた。その部屋の中央の床の上には、二本のベルト・コンベアーが、ある一定の速度で同一方向へ流れていた。部屋には試験官が三人いた。

私とタックは、ランニングパンツ一枚の姿になり、そのベルトの上を走らされることになった。つまりベルトの流れとは逆の方向に向かって、ベルトと同じスピードで走らなければならないのである。疲れてきてスピードを落すと、たちまちベルトから転げ落ちて、ひっくり返るというしかけである。そうなれば失格だ。つまり速度を制限され、強制される、長距離マラソンである。

何時間走ればよいということはなく、また何キロ分走ればよいということでもない。どちらかが倒れて失格すれば、残った方が合格なのである。

それぞれのベルトの横には、細長い机が置かれていて、その机の上には、水の入ったコップが三つ置いてあった。

試験官の一人が、おもむろに立ちあがり、そのコップのことを説明しはじめた。

「さて、ご両人。いよいよ最後のテストじゃ。頑張っていただかにゃあ、なりませんぞ。このベルトのことは、もうおわかりじゃな？

では次に、このコップのことを説明する。さてご両人。あんたたちがこのベルトの上で走ると、必ずノドがかわく。その時にご両人、あんたたちはこの第一のコップの水を飲む。この水はウォーター、軟かくも硬くもない、単なる水じゃ。さて、第二のコップ、この水にはちょっと悪いものが混ぜてあるよご両人。すなわちこの水を全部飲むと、たちまち冷や汗がたらりたらり、それから徐々に腹が痛くなり、下痢をするというわけじゃよご両人。さあてご両人、この三番めのコップが問題じゃ。このコップにも水が入っとるのじゃが、これにも薬が入っとる。どんな薬かは言わぬが花。一口飲めば泡を吹いてぶっ倒れるか、血へどを吐いて死ぬか、それもご両人のご想像におまかせするよご両人。まず飲まぬが賢明じゃろうてご両人。さあてご両人、これよりテストを受けていただくわけじゃが、もしも五時間走り続けて、どちらも倒れなんだ場合にじゃ、そんなにいつまでも走らせとるわけにはいかんので、わたしたちはいったんベルトを停め、飲んだ水の量を計る。少しでも多く水を飲んでいた者が失格というわけじゃよご両人。もし飲んだ量がいっしょだった場合はじゃ、ふたたび初めからやり直しということにする。ではご両人、用意はよろしいかな?」

試験官の合図で、ベルトが動き始めた。

私とタックは、並んでベルトの上を走り始めた。

私の身体は快調だった。駈《か》けながら、次第に自信が湧《わ》いてきた。この分では、勝てそうである。私は、できるだけ余分なエネルギーを消耗せぬように注意しながら、規則正しい息づかいで走り続けた。

約三十分ほどののち、タックの息づかいが乱れてきた。しめたぞ――私は、ほくそ笑んだ。私はまだ、なんともないのだ。横眼でそっと見ると、タックは隣のベルトの上を、蒼《あお》い顔をして、汗をいっぱいかきながら走り続けていた。しめしめ、あの様子では、一時間と経たぬうちにぶっ倒れるぞ――いや、ぶっ倒れないにしても、あの汗のかき具合じゃ、たちまちノドがかわいて、第一のコップの水をすぐ飲み乾《ほ》してしまうに違いない――私は喜んだ。だが、ふと気がついてみると、私自身も、ノドは相当かわいている。

まあいい――と、また私は思った。タックが飲んだ水の量より、少し少ないめに飲みさえすればいいのだ。

タックのとばす汗が、私の顔にかかった。

私も、相当疲れてきた。

審査員たちが、冷たい眼でこちらを見ている。眼の前の大時計を見ると、まだ四十分しか経っていない！

タックが、彼の横においてあるコップの方へ、走りながら手をのばした。ぐいとコップをつかみ、駈け続けながら、ゴクゴクと、たちまち全部飲み乾してしまった。

彼は、第一のコップを、からっぽにしてしまったのだ。そのため、少し元気が出たようである。しかし――なあに、長続きするもんか、すぐへたばるに決っている。

私は水を飲まず、駈け続けた。一時間――一時間半――。息が苦しい。汗が眼に入った。二時間――二時間半――。舌がひとりでに口からとびだす。頭がガンガンする。足が自由にならない。勝手に動いているみたいだ。思わず右手をさし出す。自分のコップをひっつかみ、ゴクゴクと……。

いかん！　私はあわてて、飲む手をとめる。全部飲んじゃいかんのだ！　タックと同じになる！　私は半分だけ飲んだ第一のコップを、机にもどす。そしてふたたび、走り続ける。少しは楽になる。三時間――三時間半――。

タックが、とうとう我慢しきれず、第二のコップに手を出す。しめた！　それを横眼で見ながら、私はまたしても、ほくそ笑む。あれは腹の痛くなる水だ。バンザイ。彼はゴクゴクと、半分ばかり飲み、第二のコップを机に戻す。――飲んだぞ！　私は腹の中で叫ぶ。もう、こっちのもんだ。

さらに走り続ける。四時間――四時間半――ドッキン、ドッキン、ドッキン。心臓が口から、とびだしそうだ。眼がくらむ。息ができない。鼻がつまっている。頭が痛い。眼の前が、ぼう、とかすむ。ドッキン、ドッキン、ドッキン。

もう我慢ができない。私は第一のコップに手を出し、ゴクゴクと全部飲み乾してしまった。と、同時に、タックも第二のコップに手を出し、ゴクゴクと全部……。奴はまだ、腹が痛くならないのだろうか？　どうして平気なんだ？　早く、早くくたばってくれ！　でないと、こっちが――こっちがぶっ倒れてしまう！　さっき飲んだ水は、ぜんぜん役に立ちやしない。なんにもならない。おれはやっぱり、へとへとだ。助けてくれ！　助けてくれ！

眼の前が赤くなってきた。大時計の数字が、よく読めない。あと……あと二十分！　あと二十分だ！　このままであと二十分経てば、おれはタックに勝つのだ！

もう私には、足を動かしているという意識はなかった。ただ、ノドだけが渇いていた。水が飲みたかった。

ドッキン、ドッキン、ドッキン。心臓の鼓動だけが、耳の中で大きく響く。そのたびに頭へガーン、ガーンとすごい音が伝わり、割れそうに痛む。

あと十分！　あと十分だ、頑張れ、我慢しろ、そうすりゃお前は大統領だ、辛抱しろ、もう少しだ！　た、助けてくれ！　助けてくれ！

私は無我夢中で手をのばし、第二のコップをひっつかんだ。

もう、我慢できない！　毒だろうと何だろうと、かまうものか。飲んでやる。タックでさえ、第二のコップを全部飲み乾していながら、腹痛を起していないではないか！　腹痛を起していて、あんなに走れるわけがない。きっと、たいしたことはないのだ。そうだ、きっと、ただの水なのだ。第一のコップと同じように……。あれは試験官のおどかしなのだ！　よし、半分だけ飲んでやれ。それなら私はタックに勝つ！

私は第二のコップを、ガブガブと半分だけ飲んだ。そして、さらに走り続けた。

あと五分——辛抱しろ、あと三分、あと二分、あと一分……。

その時だ。

走り続けていたタックが、いきなり第三のコップを手にとると、あっという間に全部飲みほしてしまったのだ。私はびっくりした。あっ、何という馬鹿《ばか》な奴《やつ》だろう。あれは猛毒なのだ。あと一分ぐらい我慢できなかったのだろうか？　あれでは、自殺じゃないか！

自殺？……私は、やっとそれに気がついた。そうだ。あれは自殺だ。彼は、私に完全に負けたことを悟り、自殺してしまったのだ！　タックは、ベルトから転がり落ちて倒れた。

勝った！　私が心の中でそう叫んだ時、時間がきて、ベルトがゆっくりと停止した。私はベルトの上に俯伏《うつぶ》せに倒れ、そのまま気を失ってしまった。

気がつくと病院のベッドに寝かされていた。どうやら、地球大学の附属病院にかつぎ込まれたらしい。傍らには美人の看護婦がいた。私の腹は、熱く煮えくり返り、ずきんずきんと痛んでいた。あの第二のコップ——腹の痛くなる薬がまだ利《き》いているのだ。私はすぐ、看護婦に訊《たず》ねた。

「タックは？　タックはどうした？」

「あなたは重態よ。そんなこと気にしないで、もっと静かに寝ていらっしゃい」

「寝てられるものか！　タックは死んだのか？」

「いいえ。どうしてそんなこと訊《き》くの？」

「だってあいつは、毒を飲んだんだ。死んだ筈《はず》だ！」

「いいえ。死んでいないわ」

「じゃあ、この病院の、どこか他の部屋にいるのか？」

「いいえ、ぴんぴんしているわ」

「そんな馬鹿な！」私は怒って、あたりかまわずわめきちらした。「あいつは、おれよりもたくさん、毒を飲んだんだ。どうして病気にならないんだ！」

　私の声を聞いて、若い医者がやってきた。「どうか、しましたか？」

「どうしたも、こうしたもあるか。あいつはおれよりもたくさん毒を飲んだ！　なぜおれだけが病気になった」私は泣き出した。「不公平だ。あいつも病気になるべきだ」

「熱がありますす」と、看護婦が医者にいった。「たいへんな熱ですわ」

「ふうん。熱に浮かされているな。重態だ」

「おれはあいつほどたくさん水を飲んでいない」私は泣きながらいった。「教えてくれ。おれはあいつに勝ったんだな？　な、そうだな？」

「あんたは勝ったんだよ」と、医者はいった。「だけど、そんなにわめいていたんじゃ死んでしまう。あんたが死んだら、タックが大統領補佐官だよ」

「あいつは、たくさん水を飲んだ。おれよりもだ。それなのに、どうしてぴんぴんしているんだ！」私は泣きわめいた。と、急に腹が耐え難いほど痛み出し、私は失神した。

　気がついたら、枕《まくら》もとで、医者と看護婦がひそひそ声で話していた。「容態は？」

「重態だ。今夜までもつかどうか……」

　私は叫んだ。「タックはまだ、病気にならないのか?!　まだぴんぴんしているのか！」その声で、また腹が痛み、私はまた気絶した。

　みたび息をふき返すと、また医者と看護婦のひそひそ声が聞こえた。

「あの第三のコップには……が入っていたんですって……。自殺しようとするほどの熱意があるのなら、当然大統領として……」

私は叫んだ。「タックは健在か?!」その声で、また眼をまわした。

次に気がついた時、私の眼の前はまっ暗だった。誰かが私の脈をとっていた。

「……ご臨終です」

私は絶叫した。「タックは健在か?!」

産気

昼すぎ、正田課長がおれのデスクへきて、そっといった。

「妊娠した」

「それはおめでとう」おれは反射的にそういってから、あわてて訊《たず》ね返した。「しかし君には、奥さんはいなかったはずだが……」

正田は悲しそうな顔でうなずいた。彼の大きなビール腹が、おれの鼻さきにあった。

「ふうん。厄介な問題らしいな」と、おれはいった。

「厄介な問題だ」と彼はまたうなずいて、そういった。ぼってりして油ののった赤ら顔に、汗を浮かべている。「相談にのってくれるか?」

「お前とは、入社以来の友だちだからな」おれはそういって、立ちあがった。彼は庶務課長、おれは営業第3課長である。「カトレアへでも行こう」

おれたちは、会社のビルの一階にある、ひっそりした喫茶室へ行って話した。

「それは、どんな女だ？」おれは、さっそく訊ねた。「女の方じゃあ、どういってるんだ？　別れ話なら、第三者のおれが口をきいた方がいいぜ」

「好意はありがたいが」彼は憂鬱《ゆううつ》そうにいった。「女は関係ないんだ」

「じゃ、赤ん坊が欲しいのか、君は？」

「もちろん、おれの赤ん坊だものな」うなずいた。「赤ん坊は欲しい」

「じゃあ、問題ないじゃないか、結婚しろよ。その女と」

「まだ、わからないらしいな」彼はじれったそうに、赤ん坊のような丸まるとした指を、テーブルの上で組んだりほどいたりした。「妊娠したのは、おれだ」

おれは飲んでいた水を吹き出した。「し、信じられん」

「おれだって、信じられん」彼は悲しげに、かぶりを振った。

ウエイトレスがやってきて訊ねた。「何にします？　庶務課長さんは、やっぱりコーヒーですか？」

「いや、コーヒーは赤ん坊に悪い」正田はあわてていった。「レモン・スカッシュにする」それから小声で呟《つぶや》いた。「酸《す》っぱいものが飲みたい」

「産むつもりか？」ウエイトレスが去ってから、おれはあきれた声で訊ねた」

「産むつもりだ」彼は、断乎《だんこ》としていった。「女は嫌いだが、赤ん坊は前から欲しかった」

「おれは反対だぜ」おれは、顔を蒼《あお》くしていった。「不細工だ。みっともない。それに気持ちが悪い。だいいち、男が赤ん坊を産むなんて下品だ。仕事にもさしつかえる。気が狂いそうだ」

「おれは充分、赤ん坊を産める身体《からだ》だぜ。三十六歳だから、成熟しきっている」

「あたり前だ」おれは腹を立てて、声を大きくした。「なぜ、おれなんかに相談した。すぐ産院へ行け」

「ああ、行ってくる」彼は立ちあがった。

おれと正田は、喧嘩《けんか》わかれみたいにして、喫茶室の前で別れた。

自分のデスクへ戻ってから、おれは考えこんだ。男が妊娠するなんてことがあるだろうか？　妊娠は女の専売特許で、その証拠に字だって女偏だ。奇現象研究家の友人の話では、昔から子供を産んだ男は数多いというが、それはいずれも、両性具有の奴《やつ》だったそうだ。正田はおれといっしょに風呂《ふろ》に入ったこともあるけど、れっきとした男性である。もっとも、腹の中に子宮や卵巣は持っていたかもしれない。彼自身が射精したとき、何かのはずみで精虫がそっちへまぎれこんだということも有り得る。しかしおれは、願わくば正田の妊娠が、赤ん坊欲しさが嵩《こう》じての想像妊娠であることを祈った。もし、ほんとの妊娠で、彼が本当に産むつもりなら大変だ。だいいち、どうやって産む気だ？　まさか大便みたいに尻《しり》からは産めまい。となると、残るところは帝王切開だが、これは母体に……いや父体に危険だ。正田は仕事の腕はよく、会社にとってはなくてはならない人材だ。おれはあわてて、部長のところへ報告に行った。

部長はびっくりしたらしい。泡をくって、常務のところへとんで行った。常務はたまげて社長に告げに行った。結局二時間足らずのうちに、正田課長懐妊のニュースは、社内じゅうに行きわたった。

そうこうするうちに、正田が産院から戻ってきた。皆にうしろ指をさされているのを知ってか知らずか、彼はニコニコしながら、さっき喧嘩したのも忘れたかのように、おれのデスクに報告にきた。「妊娠二カ月だそうだ」

彼はおれの課の女事務員がクスクス笑っているのに平気な顔で、彼女に金を渡していった。「君、本屋へ行って、今週号の『女性平凡』を買ってきてくれ。お産の特集をやっているそうだ」

女事務員は、笑いをこらえるため、顔を爆発しそうなほど紅潮させ、金を受けとるなりオフィスをとんで出た。廊下へ出てから彼女は、爆発した。ヒステリックな笑いが、おれたちにも聞こえてきた。


その日から正田は、酒もタバコもやめた。赤ん坊のためにやらなくなったのだが、実際三カ月めに入ると、つわりが始まって、酒、タバコはもちろん、匂《にお》いの強いものに敏感になり、安もののポマードの匂いをぷんぷんさせた社員が傍《そば》へ行くと、ゲブゲブとノドを鳴らした。

「こら、こっちへ来るな。蹴《け》とばすぞ」

やむを得ぬ用で、自分の方から行く場合は、ゲブゲブとノドを鳴らしながら近づいていった。

彼の中にも、母性本能が目覚めたらしかった。つわりの間、彼は不機嫌で、女事務員などにあたり散らした。

「安ものの香水をつけて、傍へ来ないでくれ。胸がむかつく。おい！　ラーメンは、あっちへ行って食え！　ひゃーっ！　君は今日は生理日か。寄るな。臭い。げえっ、君の腋臭《わきが》はなんて凄《すご》いんだ。来るな帰れあっちへ行け」

重役室では、彼の懐妊にどう対処するかが問題になっていた。

「彼は独身だろ？　すると赤ん坊は私生児だ。身持ちが悪いと責めて堕胎させようか」

「いや、これは人権侵害だ。彼は赤ん坊を欲しがっているから」

「赤ん坊っていうが、それはいったい、誰の赤ん坊なんだ？」

「正田君のにきまっている」

「いや、つまり、父親は誰だ？」

「だから正田……あっ、君は、誰が正田君の腹にタネをまいたか訊《き》いているのか？　さあ、それは……」

「こらっ！　なぜ、わしを見る。わしはたしかにあの男とは仲がいいが上役として面倒見てやっているだけだ」

「ふうん、上役として面倒をね」

「おい、おかしな風にとっちゃいかん。わしにはカマっ気はない。そりゃ、ちょいちょいゲイ・バーへは行くが、あれは酔っぱらったときに……」

「いったい正田君は、どういうふうに妊娠しとるのかね？　子宮はあるのか？」

「まさか盲腸で妊娠したわけじゃあるまい」

「いや、案外、虫様突起あたりで孕《はら》んでるのかもしれんぞ」

「おカマなら、直腸妊娠じゃあるまいか」

「そんな話はやめなさいよ、常務。とにかくどうするか。今のままでは庶務課員が仕事ができないと文句をいっとる。腹の赤ん坊可愛《かわい》さに、傍へ行くと牙《きば》をむいて唸《うな》るそうだから」

「犬だね、まるで」

「出産休暇を、なるべく早いめにやって、誰かに仕事を代理でやらせよう」

「と、すると、さしあたっては、何も対策は講じないわけだな？」

「しかたがあるまい」

　やがて、あれほど精力的に仕事を続けてきた正田が、次第に投げやりな仕事ぶりを見せはじめた。そのかわり、やたらと他の社員の世話をやきはじめたのである。

男の社員の、背広の肩についた埃《ほこり》をはらってやったり、自分の部下に、お茶を汲《く》んでやったり、朝、早いめに出社して掃除したり……。

上役は困るし同僚は気味悪がるし、部下は逃げ腰で仕事をするため、庶務課はひどいことになってしまった。

おれはある日、彼をカトレアへつれ出して忠告した。

「おい、ちょっとは本気で仕事をやれよ。君、近ごろは社内で評判が悪いぞ」

「そうかね」彼はへいきで、むしろ浮き浮きしていた。「まあ、君だって、いざ赤ん坊を産むとなりゃ、考えが変ってくるさ」

「馬鹿《ばか》だな。おれは産まないよ。しかし、どういうふうに、変ってくるんだ？」

「仕事をするのが、馬鹿らしくなるってことさ。おい、おれは妊娠して、はじめてわかったんだが、おれたちが毎日やってるあの仕事ほど無意味なものはないぜ。それにくらべ、赤ん坊を産むってこと、こいつはすごいことなんだ。まったく、女は子供を産むだけで他になんにも仕事はしないが、無理ないと思うよ。子供を産むなどという大仕事をやったんだ。他に何もする気にならないのが当然さ。お産にくらべたら、男のやってる仕事なんて、ちょろいもんだ。おれ、昔バーへ行って、女給たちに、おれがどんな大きな仕事をやってるか自慢したことがあったっけ。いま考えたら、はずかしいよ、おれは。女だって、男はすばらしい仕事をやってると錯覚してるけど、女は馬鹿だから自分のやったこと、あるいはこれからやることが、どれだけでかいことかよくわかってないんだ。おれは両方をやるわけだから、両方ともよくわかる。あれはたいへんなことなんだ。お産ということは」

眼を輝かせて喋《しゃべ》りまくる彼に、おれはそれ以上、何もいえなくなってしまった。お産ということが、どういう具合にたいへんなのか訊ねようとしたが、どうせおれにはわかりっこないと思ったので、訊ねるのをやめた。

何カ月か経《た》った。

ある日、おれが得意先から帰ってきて自分のデスクにつくなり、正田がすっとんできた。彼は涙をにじませ、顔を皺《しわ》だらけにして喜んでいた。

「おい、腹の中で、赤ん坊が動いた!」

あたりで仕事をしているおれの課の社員が、あきれて見ているのも構わず、彼は背広の前を開き、ズボンのベルトをゆるめた。

「ほら、さわってみろ」

おれは顔をしかめた。「よせよ。いやだよ、気味が悪いよ」

「そんなことがあるものか。さあ、さわらせてやる」彼は、よだれを垂らしそうな口もとでニヤニヤ笑いをしながら、ズボンの前ボタンをはずした。「さわってくれ」ズボンの前を開いた。彼は紅白の縞模様のステテコをはいていた。「遠慮するな。さわれ」

おれはびくびくもので、彼の下腹部にさわってみた。なま温かいだけで、なにも動いてはいなかった。「なにも動いてはいないよ」

「そんなことがあるものか。じゃあ、ここへ手を入れろ」彼は、ステテコとパンツの下へ、おれの手を入れさせようとした。

「いやだ」

「たのむ。入れてくれ」

「君には悪いが、気分が悪くなってきたんだ」

「いや、赤ん坊の動いてることがわかれば、きっと君だって、気分がよくなる」彼は懇願しはじめた。「さわってほしい。さわってくれ」

おれはいやいや、彼が臍《へそ》のあたりに作った隙間《すきま》から、彼のパンツの中へ手を入れた。彼の粗い陰毛が指さきに触れた。

「どうだ？」

「すごい出臍だ」

「そんなことはどうでもいい。赤ん坊は動いたか？」

「動かないよ」

「ぐっと押してみろ」

押してみた。

「どうだ？」

正田の下腹部の部厚い皮膚の下で、何ものかが痙攣《けいれん》した。おれは悲鳴をあげて、とび退《の》いた。

「どうだ！　動いたろ！」

彼は得意そうに、ハハ、ハハと笑いながら、こんどは近所の社員に、お前さわれ、君こいといって、腹を出したままうろつきはじめた。社員たちは席を立って逃げた。腹にさわる希望者がいないので、彼は重役室へ行こうとした。おれはあわてて、彼を停めた。

「よせよせ。専務も常務も、血圧が高いんだ」

それから、さらに何カ月か経った。

正田は自分で、最近腹が大《でか》くなったといいふらしていたが、はた眼には、妊娠前の彼のビール腹の記憶があるだけに、どこがどう膨らんでいるのかわからなかった。

重役室では、そろそろ彼に出産休暇をやろうかどうしようかと、相談しているようだった。

そんなある日、ついに正田が産気づいたのである。

一カ月以上早い出産だ。社員たちはあわてた。

「おい、産婆《さんば》を呼んでこい。湯を沸かせ。宿直室で産ませよう。あそこへ、ふとんを敷け」

「だめだよ。帝王切開しなきゃならないから、病院へつれて行った方がいい」

おれは庶務課員のひとりをつかまえて訊《たず》ねた。「陣痛は始まったばかりか?」

「はい。今まで、一度もなかったんです。さっき、机の下からとびだした大《でか》いネズミを見て、産気づいたんです。正田課長は、ネズミぐらいでびっくりする人じゃなかったのですが」

正田は自分のデスクの下へうずくまり、ウームウームと呻《うめ》いている。

「よし、すぐタクシーを呼べ」

あいにく、手の空いている社員はおれだけだった。おれはしかたなく、彼を抱き起してタクシーに連れこんだ。

「おいっ、急いでくれ。お産だ。青山の産婦人科へ行ってくれ！」

「へい！」おれの勢いにおどろいて、あわてて車をスタートさせた運転手は、やがて首をかしげて訊ねた。「いったい、誰がお産ですか？」

彼は車を走らせながらバックミラーを覗《のぞ》きこんだ。

「この男だ」

「…………」

「なぜ黙っている？　おどろかないのか？」

「…………」

「おい、なんとか言ったらどうだ？　男が赤ん坊を産むはずはないとかなんとか……」

「…………」

「だけど、男だって、赤ん坊を産むんだ」おれはうなずいた。「女に産めて、男に産めない筈《はず》はない。なあ、そうだろ？」

「…………」

「しかも、男が産んだ赤ん坊は、すごい天才なんだ。女から生れた赤ん坊にさえ、天才がいる。まして男が産んだ赤ん坊は、すごい天才にきまっている」

「…………」

「性質《たち》の悪い冗談だと思っているのか？　二人づれの冷やかしだと思っているのか？　そうじゃない！　大の男がふたりがかりで、こんな手のこんだ冗談ができるもんか！」

「…………」

「たのむ！　なんとか言ってくれ！　あっ！　こらっ！　精神病院なんかへ連れて行きやがったら、承知しねえぞ！　そんなことされたら、手術が遅れてしまう。こいつは男なんだ。まともには産めない。そうだろ？　わかるだろ？　たのむ、わかるといってくれ！　こいつは帝王切開しなきゃいけないんだ！　急ぐんだ。なあ、運ちゃん、いや、運転手君。たのむ。なんとかいってくれ！」おれは泣きわめいた。「お願いだ。なにか言ってくれ！」

「………」

呻いていた正田が、少しは陣痛がおさまったのか、うす眼をあけておれにいった。

「手術には、立ちあってくれるだろう？」

おれは、しかたなしにうなずいた。

「ああ、立ちあってやる」

「おれは、男の子がほしいな」彼はそういった。「いや、男の子にきまっている。おれにはは、わかってるんだ！　イテテテテ！」

また痛み出したらしい。彼は熊《くま》のように、すごい声で唸りはじめた。彼の浅黒い顔が、褐色になっていた。

「うおーっ！　おおおお！　痛え！　痛えよ！　畜生！　うおーっ！」

おれは彼をけんめいに介抱しながら訊ねた。「しかし、どうして男の子だとわかったんだ？　単なる勘だけだろ？」

正田は突然、陣痛を忘れたかのように、ぴょんとシートの上にとびあがって正座した。そしていった。

「いいや、これこそ」彼はお辞儀をした。「男の中の男でございます」

ハリウッド・ハリウッド

四畳半の自分の勉強部屋に寝ころんで、おれはまた溜息《ためいき》をついた。

勉強ができない。何故《なぜ》ならおれは頭が悪いからだ。だから学校の成績もよくない。おれの頭の悪いことは教師も、学友も、親父《おやじ》もおふくろも、みんな認めている。勉強したって頭がよくなるはずがない。これは遺伝だからだ。息子であるおれの眼から見てさえ、両親の頭の悪さは歴然たるものがあって、それはもう実にひどいもので、とてつもなく歴然とひどいのである。——どうだこのおれの文章のへたなこと。だけどこれだって親ゆずりだ。

それだけではない。おれはその上、ふた眼と見られぬほど、ぶさいくな顔つきなのである。おふくろはそれほどじゃないといってくれるけど、鏡さえ見れば自分でもよくわかる。眼は細いし鼻の穴はでかくて上を向いている。おまけに顔じゅうニキビだらけだ。庭にいるイボガエルまで、おれの顔を見ると眼をそむけてコソコソ逃げ出しやがる。そんなくらいだから、女友達なんかひとりもいない。クラスメートの半分は女の子だけど、おれに話しかけようとする子なんか、ひとりもいない。いくらぶさいくでも、たとえば同級の竜田なんかだと、勉強がよくできるもんだから、ちょいちょい早苗さんとか千代子さんとかいうクラスの美人連中が、宿題を教えてくれと家へ押しかけてくるそうだ。だけどおれの家には、クラスでいちばん不器量な文子さんさえやってこない。もっとも文子さんは、勉強はおれよりよくできるから、来たって何も教えてやれないけど……。

おれは同級の栗原がうらやましい。好男子で秀才だ。彼がにっこり笑うと女どもがキャーという。おまけに彼は背がすらりと高い。おれはちんちくりんだ。どう考えてもおれよりいいところばかり持っている男だが、しかしただひとつ悪いところがある。意地が悪いのだ。根性が悪く、弱い者いじめをする。

ああ、ああ、これまでに何度、彼からひどい意地悪をされたことだろう。彼は女の子たちの見ている前で、おれを笑いものにし、あざけり、侮辱し、おれの劣等感をほじくりかえし、おれのプライドをズタズタに引き裂いた。それを見ならってか、最近では女の子たちまでおれを侮辱するのだ。馬鹿《ばか》にするのだ。おれは死にたい。

何故死なないんだって？

ひとのことだと思って無茶をいうな。おれだって命は惜しい。死にたいけど命は惜しい。死ぬのは痛い。それに、やっぱりこわい。

死にたくない理由は、もうひとつある。

おれは映画が好きだ。それも外国映画、特にハリウッド製のきらびやかな映画が好きである。あの栗原の奴《やつ》に笑いものにされてむしゃくしゃしている時だって、映画を見ればスカッとする。この世の中に映画というものがある限り、おれは生きていたいと思う。だから今はまだ死ねない。

だけど、そういつまでも映画ばかり見ているわけにはいかない。高校生という身分がそうさせないし、少ない小遣いがそうさせないし、未成年という社会的拘束がそうさせない。世の中まちがっとるよ。

だけど、ハリウッド映画はすばらしい。カラーや大型画面のすばらしさと、立体音響のムードは、テレビなんかじゃ、ぜったいに味わえるはずがない。映画はいいなあ——すばらしい音楽映画を、スラップスティック・コメディを、西部劇を、桃色喜劇を見たあと、おれはいつもそう思うのだ。あのあたたかい、快よい、夢のような、ほのぼのとしたエモーションに包まれると、おれは一種のエクスタシイに達して、メランコリックなファンタジアがトロピカルなアトモスフェアがセンチになる。おれは英語の成績が一番悪い。

だけど、親父がおれにいう叱言《こごと》は、考えてみればもっともだ。

「映画なんか見て何になる。勉強しろ」

たしかにその通りだ。おれは映画の監督になるわけじゃなし、ハリウッドへ行ける見込みもない。まして俳優《スター》になんかなれるわけがない。――もっとも、怪奇映画にならなら出られるかもしれないが。

今日だって、映画を見に行きたいのだが、金がない。だからけんめいに、映画なんかつまらないのだと思いこもうとした。そうだ。映画なんか見たって、あの主役のスターのはなやかさのために、ますます自分がみじめに見えてくるばかりではないか？　いくら映画館に通いつめたって、主演女優がおれを好きになってくれるわけでもないのだ。

「映画なんか見たかて、何にもなれへん。あほらしい」と、おれは呟《つぶや》いてみた。

おれは、部屋の隅につみあげてある映画雑誌の山を足でけとばした。雑誌の山はボサボサとくずれ、もうもうと埃《ほこり》が立った。

その時——。その埃の中から、ひとりの男があらわれたのだ。おれは悲鳴をあげそうになった。その男は、ぱりっとしたダブルの背広を着こなした初老の紳士だった。デビッド・O・セルズニックとダリル・F・ザナックと淀川長治《よどがわながはる》とA・ヒッチコックとW・ディズニィとJ・フォードをまぜあわせたような顔の外人だ。

もちろんおれは腰をぬかした。あんた誰や何しにきたと叫ぼうとしたものの、顎《あご》がガクガクして声が出ない。

紳士はそんな様子のおれを笑顔で眺めながら、こういった。「あんたは誰やと訊《き》きたいねんやろ？　そうと違うか」

おれははげしくうなずいた。

「わては、映画の神様や」と、外人はいった。「あんた、えらい機嫌悪いさかい、ご機嫌とりにきたんや。今、映画は斜陽産業やよってにな、お得意さんひとりでも失うたら、えらいこっちゃねん。そやさかいにな、わて、あんたの望み、ひとつだけかなえたげるさかい、遠慮なしにいうて見」

そういわれても、この非常に特異な事態を、まだはっきりと認識できていないおれに、すぐ返事できるはずがない。だが紳士は、いや応なしにおれをせかした。

「さ、なんかあるやろ？　いうて見」

　あとで思えば、もっとましな願いごとをすればよかったのだが、おれはその時、気が顚倒《てんとう》していたため、思いつくままを口にした。

「おれの……おれの好きな女優……そうやな、オードリイ・カルディナーレと、チューズディ・エクバーグと、アーシュラ・シュナイダーの、ええとこばっかり集めたみたいな女の子に、一回会うて見たいわ」

「そら、お安いご用や」紳士はそう言って、足さきで、また埃をかき立てると、その中へ吸いこまれるようにドロンと消えた。

「あれ、何や」おれは垢《あか》だらけのハンカチを出して、汗を拭《ぬぐ》おうとした。

　だが、ほっとしたのもつかの間、今度は背後でハスキイな女の子の声がした。

「ねえあんた。こっち向いてえな」

　振りむいてびっくりした。おれの坐《すわ》り机に尻《しり》をのせ、とろけるような微笑を赤い唇に浮かべておれをじっと眺めていたのは、金髪の、すごいグラマー美人だ。すばらしいヒップのために今にも破れそうなチェックのタイトスカート、乳房の巨大な膨らみを強調したセーターは薄くて肌色をしているため、彼女は本当のハダカよりももっとハダカに見えた。典型的なハリウッド型の美女だ。

あまりの驚きで、おれはあやうく失神しそうになった。

「よっしゃ！」と、おれは叫んだ。「もうわかった。もう見たさかい、早う消えてくれ」心臓がとまりそうだった。

「いやン」彼女は身をくねらせ、どんな男だってくたばってしまいそうな鼻声を出した。「なんでそんな薄情なこと言いはるのん？　うち、あんたに捨てられたら、どこへも行くとこあれへんねん。ここへ置いてえな」

「無茶いうな！」おれは泡をくって叫んだ。「こんな狭い部屋へ、あんたみたいな大型といっしょに住めるか！」

彼女は見かけによらず純情らしかった。しくしく泣き出したのだ。「うち、どないしょう。うちは、あんただけの為《ため》に存在してる女やねんで。なんで、うちの気持、わかってくれはらへんのん？　こない、あんたが好きやのに」そういうと彼女は、畳の上に尻をおろして、だしぬけにおれに抱きついてきた。

おれは彼女の乳房の谷間で、もう少しで窒息するところだった。

「助けてくれ」あわてて手足をばたばたさせ、やっとのことで部屋の隅に逃れた。

彼女は蒼《あお》い眼に涙をいっぱい浮かべ、恨めしそうにおれを見つめた。さすがにおれも、ふらふらした。気が狂いそうだった。頭に血が逆流し、膝頭《ひざがしら》がガクガク顫《ふる》え、心臓は早鐘を打っていた。しかしおれは、ぐっと欲望を辛抱して我慢をこらえた。

「そないにいうねんやったら、居《お》ってもええけど」と、おれはいった。「おかしな真似《まね》したらあかんで」

「おおきに」彼女は嬉《うれ》しそうだった。

だが、どうすればいいのだ。両親にはこんなこと話せない。「今日からおれの部屋で、おれ外人の女の子と同棲《どうせい》するで」そんなこといってみろ。たちまち家を叩《たた》き出される。しかし、いつまでも黙っているわけにはいかない。だいいち、この女に飯を食わしてやらなきゃならない。

そう思った途端、茶の間からおふくろの声がとんできた。

「ノボル、夕飯やで！」

部屋を出ようとすると、彼女もついて来ようとした。おれはあわてて、二、三分待っているよう説得し、茶の間へ行った。うまいぐあいに、親父はいなかった。

「今日おれ、自分の部屋で食う」

おふくろに有無をいわさず、おれは盆に自分の飯をのせ、部屋へ運んだ。そして部屋に鍵《かぎ》をかけた。

意外にも彼女は、サンマや味噌汁《みそしる》をうまいうまいといって、むしゃむしゃ食べた。考えてみれば彼女は、あの映画の神様とかいう男に、さっき創造されたばかりなのだから、ものを食うのもこれが初めてなのだろう。だからなんでも食うのだ。グラマーだけあって、おれの胸がつかえて食えないのをいいことに、全部ぺろりと食べてしまった。

それにしても、見れば見るほど彼女は美しかった。四〇ワットの蛍光灯《けいこうとう》の下でも、彼女の金髪は輝くばかりである。おれの好きな女優の、しかもおれの好きな部分だけを集めてきて創造した女なのだ。おれにとって彼女がすばらしく見えない筈《はず》がない。だがあまり眺め続けていると、おれは自分が何をやり出すか自信が持てないので、なるべく彼女を見ないようにした。

「あんた、なんで大阪弁を喋《しゃべ》るんや？」と、おれは訊《たず》ねた。

「知らん。わからへん」彼女は首を傾《かし》げた。

「英語は喋れるんやろな?」

「そら喋れるけど、あんた英語わかるの?」

おれはかぶりを振った。——そうだ、もしこんなところを他人に見られたら、彼女は英語の家庭教師で、ちょいちょいおれを教えに来てくれるのだということにしよう——おれはそう思った。

食事が終るなり、彼女はまたおれに抱きついてきた。

「や、やめてくれ」と、おれはいった。「おかしなことするな言うたやろ」

「いやン。ねえ、うちを、あんたの奥さんにして」と、彼女は甘えた。「結婚して」

「宿題がある」と、おれはかすれた声でいった。「物理と幾何や」

「そんなもん、やめとき」

そしてその夜、おれはとうとう宿題ができなかった。何故なら——。いや、おれは高校生だ。こんなことは書くべきじゃない。以下約百八十行カットすることにしよう。

さて翌朝、おれが登校しようとすると、彼女はついてくると言い出した。「そないにながいこと、あんたと離れてたら、うち、死んでしまう」

しかたなく、つれて行くことにはしたものの、家を出るのがひと苦労だった。両親に見つからないように、おれだけ玄関から出て、彼女を窓からつれだしたものの、こんどは靴がない。庭の植込みの蔭《かげ》にかくしておいて、おれは近所の靴屋へハイヒールを買いに行った。顔見知りの靴屋の親爺《おやじ》は、つけにしてやる、とはいってくれたものの、おれが彼女のサイズをいうと、そんな大きな靴はおいてない、いったい誰が穿《は》きはりますんやと訊ねはじめた。おれは、とにかくいちばん大きな奴を貰《もら》って家に帰り、無理やり彼女の足にはめこんだ。

駅へ行くまでの商店街を、彼女はおれにぴったり寄りそってついてきた。このあたりは顔見知りの人が多いので、おれは弱った。みんな、あっけにとられておれたちを見ていた。さっきの靴屋の親爺は彼女に見惚《みと》れて、自分の手の甲へ半皮を打ち込んだし、八百屋の婆《ばあ》さんは客からトマトを受け取って金を渡していたし、電線修理工は電柱から落ちた。

電車の中でも、彼女はおれの肩を抱き寄せるようにして、腰をかけた。まあ、どんなおかしな恰好《かっこう》だったか想像できるか？　おれよりずっと背の高いハリウッド美人が、ニキビだらけで貧弱な学生服のこのおれに、ぴったり抱きついているのだ。

通勤のサラリーマンやB・Gは、ただ茫然《ぼうぜん》としてこちらを見ているだけだった。

とうとうおれたちは学校についた。いくら説得しても、彼女が頑として承知しないので、しかたなくおれは彼女を教室につれて入った。

たちまち教室中がしんとした。

あの秀才の栗原がその時にした顔つきというものは、じつに見ものだった。白痴のように口をぽかんとあけ、眼窩《がんか》から眼球をとび出させてゼイゼイとあえいだ。何もかも信じられなかったに違いない。いや、現に眼にうつる情景を、彼は信じたくなかったに違いない。彼ははげしくかぶりを振った。彼の優越感が、彼の内部でがらがらとものすごい音を立てて崩壊していくありさまを、おれは小気味よく眺めた。

嫉妬《しつと》と羨望《せんぼう》と憧憬《どうけい》をこめてこちらを見つめ続ける級友たちの視線は、やがておれに対する畏怖《いふ》の色にかわった。いやまったく、クラス一の美人だった筈《はず》の早苗なんか、彼女の前では、泥臭い田舎の小娘だ。女どもは早苗を中心として、知らずしらずひとかたまりになって、実に複雑な眼で彼女を凝視していた。自分たちの自信を台なしにした彼女に対する憎悪《ぞうお》もあったろうし、何とかして彼女の欠点を見つけ出したいという焦《あせ》りもあったろうが、結局誰ひとりとして彼女に話しかけようとする者はなかった。野郎どもにしたって、そうだった。おれにさえ話しかける勇気が湧《わ》いてこないらしい。ニキビだらけの顔をよせあって、ひそひそと話しあいながら、眩《まぶ》しそうにちらちらとこちらをうかがっていた。

おれは自分の椅子《いす》に腰をおろした。彼女はおれの隣の席に、あいかわらずおれに抱きついたままで腰をおろした。椅子を占領された男は、こそこそとあいた席へ移動した。

始業のベルが鳴り、やがて英語の教師が入ってきた。二十五を過ぎてまだ独身という、オナニズった教師である。彼は彼女を見るなり、口をあんぐりとあけた。

「あ、あの、生徒でない方は……」彼はそこまで言ってからあわてて英語で言い直した。「プ、プ、プリーズ、ゲ、ゲ、ゲラウゲラウ……」

彼女はゆっくりと立ちあがり、教師に流し目を送ってから流暢《りゅうちょう》な英語で喋りはじめた。どうやら、不粋なことをいうなとなじったらしい。教師は顔を赤くしてOKといった。まあ、日本人というのは、どうしてこんなに外人に弱いんだろう。

その時間、その教師の英語の講義は惨憺《さんたん》たるものだった。彼女がクスクス笑ったり、プッと吹き出したりするため、ますます彼はうろたえて、言い間違いをくり返し、しまいには自分で何を喋っているのかわからなくなったのだろう、言うことが無茶苦茶になってきた。終業ベルが鳴った頃は、彼は気が狂いそうな充血した眼をしていた。

次の授業も、その次も、似たようなものだった。職員室ではおれと彼女のことが話題になっているらしく、関係のない教師が教室を覗《のぞ》きにきたりした。

三時限目の次の休憩時間、彼女がトイレへ立った時、級友がワッとおれをとり巻いた。どうやって彼女をモノにしたのかを喋れというわけだ。しつっこく責めたてられ、とどのつまりおれは、昨日家で起ったことをすっかり話してしまったのである。

その日の授業が終り、おれと彼女は家に帰った。近所の人たちが、おれと彼女のことを報告していたらしく、親父とおふくろがカンカンになって、おれの帰るのを待ち構えていた。親父はおれの顔を見るなり、この恥さらしめと叫んでおれを殴ろうとした。だが彼女がノーと叫んで親父をつきとばした。すごい力だった。親父は玄関の土間に頭をぶっつけてのびてしまった。

彼女と別れてくれとおれに泣きついてきた母親も、結局は彼女の美しさに圧倒されてしまい、彼女から逆に理解のなさを指摘されてオイオイ泣き出す始末だった。

さて、その夜も彼女は、いや応なしにおれに抱きついてきた。だが、仔細《しさい》は書かない。

翌日、また彼女とともに登校しておどろいた。竜田の奴《やつ》がミレーヌ・バルドオに似た女をつれてきているのだ。どうやら彼も映画の神様を呼び出したらしい。そればかりではない。早苗はジャン・ポール・マックィーンの腕にぶらさがるようにして、千代子はジェームス・コネリーに抱かれて、文子は……という具合に、みんな一人ずつ美男美女をしたがえて教室にあらわれたのである。栗原はイングリッド・ベティ・クロフォードなんて大年増《おおどしま》をつれて来た。教室は二倍の人数を収容しきれず、たちまち大騒ぎになった。

始業のベルが鳴り、英語の教師がニコニコしてあらわれた。彼がつれてきた女を見て、おれは彼がなぜ自分の職業に高校教師を選んだかが、初めてわかった。彼はロリータ趣味だったのだ。

彼が抱きすくめるようにして教室につれこんできたのは、人気絶頂のハイティーン女優パティ・ミルズだった。

あの映画の神様の大きな溜息《ためいき》が、おれには聞こえるような気がした。

「やれやれ。映画ファンのご機嫌とるのかて、なみ大抵やおまへんわ」

末世法華経《ほけきょう》

洋服ダンスの中から、いきなり墨染の衣をまとった大入道があらわれたら、誰だって腰をぬかす。おれも腰をぬかした。

「だ、誰だっ。かってに他人の家に入って、タンスの中へなど……。泥棒かっ！」

「わしは沙門日蓮《しゃもんにちれん》と申すもの。物盗《ものと》りのたぐいではない」

冗談じゃない。日蓮がまだ生きていてたまるものか。おれは顫《ふる》えながら叫んだ。

「じゃあ、どうしてそんなところに入っていた！」

「それが、わしにもわからぬ」大入道は、おれの部屋をきょろきょろ眺めまわしながら、首をかしげて言った。「松葉《まつば》ガ谷《やつ》の草庵《そうあん》で法難に会い、伊豆の伊東へ流され、許されて帰る途中に小松原で東条景信に襲われた。今にも斬《き》られそうになった途端《とたん》、しっとりと黒い闇《やみ》がわしを包みこみ、その彼方《かなた》に平等大慧《だいえ》の光明がわしを招いた。その金色《こんじき》の環《わ》に導かれ、ここへ出て来たのじゃ。大法の前にささげたこの色身《しきしん》じゃが、妙法の守護により剣戟《けんげき》の間を逃れることができたらしい」

鬼をもひしぐ威容の大入道は、おれの前にどっかと腰を据えた。

「ここは何処《いずこ》じゃ？　牢獄《ろうごく》か？」

「冗談じゃない。わたしの部屋です。ここは団地です」

茶を一杯所望というので、ポットのコーヒーをやると、甘露甘露といいながら十二、三杯ガブ飲みをした。

そこへ、新聞記者の寺尾が、このあいだおれが立てかえてやった酒代を持ってやってきた。彼は部屋のまん中にあぐらをかいている坊主《ぼうず》を見て、眼を丸くした。

「誰だ、この人は？」

「自分じゃ日蓮だといってる」おれは、しかたなしにいった。「何とかしてくれよ。気が違ってるんだろうが、言ってることがよくわからないんだ」

「そうか。ナポレオン妄想、天皇妄想いろいろあるが、日蓮妄想というのは初めてだ。よし、おれが化けの皮をひんむいてやる」

寺尾は坊主に向きあって、いろいろ訊《たず》ねはじめた。彼は大学で日本史を専攻したから、日蓮に関してはおれより詳しい。ところが坊主は、その寺尾の問いに澱《よど》みなく答えた。問答は約一時間続いた。

「この人は、ほんとに日蓮らしいぜ」寺尾はやがて、びっくりしておれにいった。すっかり信じ切ってしまったらしい。

「そんな馬鹿《ばか》な。日蓮がどうして現代にあらわれた？」

「その説明なら、むしろＳＦ作家の君の方が専門だろ？」

「時空間を、彼が移動したというのか？」

「だって、そう考えるほか、ないだろう？」

空間には、ところどころ四次元的に歪曲《わいきょく》している部分がある。そこへ入ると、別の時間、別の空間へとび出してしまう。ＳＦではおなじみの設定だ。どうやら日蓮は、東条景信に斬られそうになった途端、この時空間エネルギーが微妙なバランスでひずんでいる穴へ、とび込んだらしいのだ。

おれたちが話し続けているそばで日蓮は、おれがつけっ放しにしておいたテレビを、奇妙な顔をして眺めていたが、やおらこっちに向きなおっていった。

「されば、わしがこの末世にやって参ったのは未知の精気により時空の軸を芯《しん》として転回したと申されるか？」

「そ、そのとおりです」

びっくりして寺尾が答えると、日蓮はうなずいた。

「玄妙なことじゃの」

それからテレビを指していった。「馬どもが暴走しておる」

「あれは競馬です」と、おれがいった。

「ところで、今、現代のことを末世とかおっしゃいましたが？」と、寺尾が質問した。

日蓮は向き直った。

「さよう。釈尊は、遺教《ゆいきょう》の中で、死後を三期にわけて予言をのこしておられる。すなわち、死後千年は正法時代、その後の千年は像法時代、その後の万年は末法時代となる。正法時代には、釈尊の感化、教化《きょうげ》はそのまま残っておる。戒めを守る人も多い。像法時代となると、教化の力はうすれ、破戒の人が多くなり、寺院仏像はやたらとできても、道を守る人は少なくなる。さらに末法時代に移ると、持戒の人、破戒の人はなくなり、地上は無戒の人で充《み》ち満ちる。無戒とはすでに、仏教の深遠さは忘れられ、世界は争闘、我欲の乱舞にまかせる、濁りきった世になるのじゃ」

「すると、あなたさまは」と、寺尾がいやにていねいな口調でいった。「釈尊の予言どおり、今は無戒の者ばかりだろうとおっしゃるのですか？」

日蓮はうなずいた。「正法、像法の時代の予言は、みごとに当っておるからの」彼はあたりを見まわした。「現にこの住居《すまい》には、仏像、仏壇さえ見あたらぬ」

「部屋がせまいんです」おれは泣きそうになっていった。「このアパートでさえ、三万円もするんだ。いまだに女房のきてがない」

「でも、仏教はまだ盛んです！」寺尾がむきになっていった。「奈良の東大寺はじめ、各国の国分寺はほとんど残っているし、天台宗、真言宗、浄土真宗、臨済宗、曹洞《そうとう》宗、みんなあります」

「浄土は無間《むげん》地獄の業《ごう》じゃ！」日蓮は吼《ほ》えた。柱時計が落ちた。「臨済、曹洞などの禅は、天魔波旬《はじゅん》の行じゃ！　真言は亡国の法じゃ！」

「法華《ほけ》もあります」寺尾はあわてていった。「総花学会の、日蓮正宗です」

「ほほう」日蓮は眼を輝かせた。「その信者たちに会いたいのう」

とんでもない。おれは顫えあがった。学会へこの大入道をつれて行って、日蓮を案内してきましたなどと言おうものなら、袋叩《だた》きにされて放り出されてしまう。よせよせと目顔で寺尾に合図したが、彼は気がつかないらしい。

「そうだなあ。大石寺はちと遠いし……」と、彼は腕組みした。それから急に立ちあがり、隣室の電話に歩み寄った。

「あの御人は、何をなされておる？」日蓮が、寺尾の電話する声を聞いておれに訊ねた。

「あれは、電話しているんです。本社へ」

「ほう。声をば電気《えれき》で宙をとばすのかの」彼は感心した。「玄妙じゃの」それからテレビを指した。「これも電気《えれき》か？」

「さようです」と、おれはいった。

日蓮は、画面に映っているギターの弾き手を指して訊ねた。「変調琵琶《びわ》か？」

「エレキです」

日蓮は、はげしくかぶりを振った。「粗雑な音じゃ」

「消しましょう」おれはテレビを消した。

「代々木区民会館で、ちょうど講義会が開かれている」寺尾が戻ってきていった。

「行ってみよう」

「やめた方がいい」おれは顔をしかめた。「この人をつれて行ったら大騒ぎになるぞ」

「どうしてかな?」日蓮が訊ねた。

「その……外部の者は入れないのです」

「外部の者じゃと? わしはいわば教祖ではないか。教祖ならば、さしさわりあるまい?」

「よけい、さしさわるなあ……」おれは小声でいった。

「さらにまた」日蓮は身をのり出した。「外部の者や他宗の信者に布教せずして、弘法《こうぼう》はかなわぬはず」

「いや、僕といっしょなら、大丈夫入れますよ。知ってる奴《やつ》もいるし」寺尾はおれを見ていった。「君も行くだろ?」

おれは少し迷った。何が起るかわからないが、どうせ大騒動になるに決っている。見ておかないと損をするかもしれない。

立ちあがった。「行こう」

「いざ参ろう」日蓮も立ちあがった。おれより二、三寸背が高い。

寺尾が車で来てくれたので助かった。この大入道をつれて町を歩いたり電車に乗ったりしたら、人だかりがして交通巡査がやってくるに決っている。だいいち、その辺の交差点かどこかで辻《つじ》説法でも始めたら事だ。

おれと日蓮は、寺尾の運転する車の後部座席に腰をおろした。車が走り出すと、日蓮は窓越しに町を眺めた。しきりに首を傾《かし》げている。

きっと、何か訊ねるぞ。何か訊ねるにちがいない——おれはそう思った。まず第一に何を訊《き》くだろう？　めまぐるしく行きかう車か？　高層建築か？

「この都は大きいのか？」と彼が訊ねた。

「人口一千万です」

「今走るこの区《さかい》は、遊廓《くるわ》かの？」

「ええっ、どうしてです？」

「賤《いやし》き職業《なりわい》の婦女《おんな》が多いようじゃ」

「あれはみんな、ふつうのB・Gですよ。会社帰りの……服装が派手なのは流行でして……」

「ご坊さん」寺尾が、おかしな呼びかたで呼んだ。「総花学会では、社参停止《ちょうじ》ということをやらせていますが、あれもあなたのお教えですか？」

「わしは、そのようなことを説いたおぼえはないが」日蓮は妙な顔をした。「わしは建長五年に伊勢路を通り、皇祖の神しずまる宇治の内宮《ないくう》に詣《もう》でたことがある。わしは社前で誓ったのじゃ。法華一乗の妙経を奉じる不肖日蓮に、この神国に真理の種をまかしめ給《たま》えとのう。さらにさかのぼればじゃ、わしがまだ善日丸と呼ばれ安《あ》房国《わのくに》東条郷におったころ、師匠首藤経元に、おそれおおくも先の帝《みかど》一院《いちのいん》後鳥羽《ごとば》上皇が隠岐《おき》に流され、中院土御門《つちみかど》上皇が土佐に、新院順徳上皇が佐渡に流され給うことを教えられたのが、そもそもわしの、人の世の悲しさを知った最初だったのじゃ。道徳教義一切の空《くう》なることを知った最初だったのじゃ。この神国に生を享《う》け、神社に詣でぬとは、何と恩知らずな……」

「だけど一方では」と、おれもいった。「学会が会員に貸しているお曼陀羅《まんだら》には、日蓮の守護神として天照大神《あまてらすおおみかみ》はじめ、八百万《やおよろず》の神様の名前がズラリと書き並べてあるよ。鬼子母神《きしもじん》まで書いてある」

「訶梨帝母《かりていも》がわしの守護神なのじゃと？」日蓮はおどろいていった。「夫婦和合の神が、なぜわしの守護神なのじゃ？　それは何かの洒落《しゃれ》ではないのか？」

「いや、学会は大まじめですよ」

「先刻通った荒物屋の店さきに」と、日蓮がいった。「わしを茶化したことを書いておった。わしを大量生産したとか申して……」

「何て書いてありました？」

「ポリニチレンとか書いておった」

「あれは英語です」

「紅毛国まで、わしの名は浸透したのか」

「総花学会では」と、寺尾がいった。「恍瞑党《こうめい》という政治団体まで組織して、たいへんな勢いです」

「それは結構なことじゃ」日蓮はいった。「仏教革命と申すものは、現実においては人間革命であり、政治革命でもあるのじゃからのう」

「だけど学会の下層部じゃ、無茶な折伏《しゃくぶく》もやるよ」おれはいった。「妊産婦のところへ行って、入信しないと奇形児が産まれるとか、タクシーの運転手に、入信しないと衝突するとか」

「それでは脅迫ではないか、無法な」日蓮はびっくりした。「仏罰があたるぞ」

その時、タイヤが穴ぼこに落ちこみ、日蓮は車の天井に頭をぶつけて窮《きゆう》と叫んだ。車が目的地へつくまでの間、おれは何度も日蓮に、今日は見学するだけだから、あんたは喋《しやべ》っちゃいけませんよと、くどいほど念を押した。日蓮はしかたなくうなずいていた。

代々木区民会館に到着した。さいわい受付にいた支部長が寺尾もよく知っている男だったので、われわれは参観を許された。おれは大白蓮華《だいびやくれんげ》を一冊買い、席についてから日蓮に見せてやると、彼は嬉《うれ》しそうに読みはじめた。寺尾とおれは、日蓮をはさんで坐《すわ》った。

会が始まった。男子部長が前にたった。

「さあ皆さん。恍瞑党選挙の歌を歌いましょう！」

一同がたちあがった。おれたち三人も、しかたなく立ちあがった。

前の黒板には、五番までの歌詞が書かれている。

全員が歌いだした。腕を右後方から左下方へと振りあげ振りおろし、軍歌調の歌を合唱しはじめた。日蓮も、わけがわからぬなりに、皆の真似《まね》をして腕を振りはじめた。リーダーは、四小節ごとにエイッとか、オウッとか、ソオレーィ！　とか気あいをかけた。二番めくらいから節まわしがわかってきた日蓮が、銅鑼声《どらごえ》をはりあげて歌いはじめたので、おれはびっくりした。お経で訓練されたのか、音程はわりと確かだった。すごい拍手とともに、合唱は終った。

講義が始まった。

青年参謀と、女性会員のひとりが壇上に登り、女性会員が御書を一節朗読すると、青年参謀がそれを解説していくという形式である。三百人あまりの出席者は、しんとして聞いている。

「日蓮流罪《るざい》して先きざきにわざわえども重ねて候《そうろう》に……」

そこで話は、次の衆院選挙に飛躍した。つまり日蓮のわざわいとは前の選挙戦の敗戦であり、邪宗の結託だというわけである。また、キリスト教のでたらめさは、キリストが死ぬ時に「ああ神はわれを見捨てたもうか」といったからであり、『雪山童子』のところでは、鬼という言葉が、ごくあたり前に出てきて真理の裏づけになるという話も出てきた。

「釈迦《しゃか》は鬼に食われるのもいとわず命を投げうって仏道修行に励んだ。だから皆さんも、苦しければ苦しいほど修行に励まなければいけません。すなわち衆院選挙です」

わざわいがあっても一生けんめい信心を続けろという意味の文書の一ページに、衆院選挙における邪宗の妨害と恍瞑党の苦心が、解釈として出てきた。共産党も、全織同盟も、立正佼成会《こうせいかい》も、生長の家も、PLも、どこかの節のどれかの言葉と結びつけられて出てきた。

最初日蓮は、じっと壇上を凝視し、熱心に聞いていた。そのうち次第に頭を下げ、膝《ひざ》の上でこぶしを握りしめて、まっ赤な顔をしてもじもじしはじめた。おれとの約束を守るため、何か言いたいのを耐《こら》えているらしかった。

やがて、彼は低い声でつぶやきはじめた。「ちがう。……。こ、これはちがう……」

周囲の人間に聞かれては大変だから、おれは何度もシッといったが、彼はつぶやくのをやめようとはしなかった。そのうち彼の声は次第に大きくなり、前の席の男が振り返って見たりし始めたので、おれはたまりかねて、彼の尻《しり》をいやというほどつねった。日蓮は、噫《おい》と叫んで高くとびあがった。

「そこの人、静かにしてください」さっきの支部長が立ちあがり、おれたちの方を睨《にら》んだ。
講義が終り、質問が始まった。

問　わたしたちは、神道を否定すべきでしょうか？

答　総花学会は、仏法を第一とはしますが、国法である神道を否定するものではありません。ただし、国法が仏法を犯すときは仏法を選ぶのです。なぜならそれは、よりよき国法は、やはり、仏法だからです。

問　病気は何故《なぜ》起るのですか？　どうしたら治りますか？

答　太田入道殿ご返事には止観の文をあげ、病の起る原因を六つにわけて、一には四大順ならざる故《ゆえ》に病む、二には飲食節ならざる故に病む、三には坐禅調《ざぜんとと》のわざる故に病む、四には鬼便りを得る、五には魔の所為、六には業の起るが故に病む、と、説かれています。いま、戸田先生のお話からこれを説明しますと、一は、四大即《すなわ》ち地水火風の不順で、地は、からだでいえば肉や骨や髪や皮など。きゅうくつな靴で足をしめるなどは地大不順にあたるわけです。水は血液や汗、火は、からだの熱など、風は、われわれが息をする空気などで、そういう肉体の変化が順当でないために、かぜを引いたり、炎症をおこしたりするものです。二は、食物の不節制で病気になる。三は、すわり方とか、運動の仕方とかの問題で、立ちどおしの仕事とか、すわったのみで歩かない生活などから病気になることとです。以上三つは医者で治る病気です。四の、鬼とは、どうもバイキンのようだと戸田先生はおっしゃっています。知らぬ間に、からだの中に入ってきて、繁殖して病をおこす病原菌です。昔は、この種の病は医者では治らなかった。今では医学の進歩で、かなり解決されていますが、それでも全部が全部治るとはいいきれません。たとえば肺病などは、医学の力をどれほどつくしても……。

また日蓮が、首を左右に振りはじめた。「わしはそんなこと、いったおぼえはない。そんなこと、わしが何処へ書いた……」

問　日蓮大聖人《しょうにん》様は辻説法をなさっておられたと聞きましたが、今辻説法をしてはいけないんでしょうか？

答　日蓮大聖人様が辻説法をなさったということはですね、これはいわゆる講談屋が勝手に言い始めたんです。大聖人様が法をお広めになった、折伏をなさったのは辻説法ではなく、やはり一対一の折伏であった。総花学会がいま牧口先生以来やっている座談会の形式は、即大聖人様がなさった通りなんだというふうにおおせでございます。

「何を申される！」

とうとう日蓮が立ちあがった。彼は、すわらせようとするおれの手を振りきって、眼をむいてわめき散らした。「鎌倉第一の辻、大町から小町が辻へかけての大路において、わしが辻説法したのは、まぎれもない事実じゃ！　しかもその目的は、折伏よりもむしろ、わしの説法により権威を傷つけられた良観、然阿《ねんあ》、道隆などの高僧に法戦を挑ませるつもりだったのじゃ！　わしが狂僧と呼ばれ、石を投げられても辻説法を続けた第一の目的はそこにあったのじゃ！　しかるに何たることか！　後世の講釈師による捏造《ねつぞう》とは！　口から出まかせも、ほどほどにせい！」

「何だあいつは」青年参謀は、まっ蒼《さお》な顔になって立ちあがった。

さっきから、ちらちらとおれたちの方を振り返っていた前の席の男が立ちあがり、椅子《いす》の凭《もた》れ越しに日蓮に武者振りついてきた。支部長や地区部長、組長たちも立ちあがった。

「そいつは共産党員だ！　叩《たた》き出せ！」

「共産党の奴だ」

日蓮は組みついてきた二、三人を振りとばしたが、すぐに大勢に組み伏せられてしまった。彼をかばおうとしたおれまで、押し倒されて叩きのめされた。痛かったのは、最初顔にやられた二、三発だけで、あとはあまり感じなかった。俯伏《うつぶ》せて耳と眼だけを押さえていると、こんどは担《かつ》ぎあげられた。おれの右隣りでは、寺尾がかつぎあげられ、あばれていた。おれもあばれた。中年男の頭を、いやというほど叩いてやったが、彼は痛くないらしく、平気な顔でおれを担いでいた。日蓮もかつぎあげられ、わめきながらあばれていた。

玄関さきへ投げ出されたとき、頭をひどく敷石に打ちつけてしまった。しばらく立てなかった。日蓮も、打ちどころが悪かったらしく、おれの横で眼をまわしている。

寺尾がびっこをひきながら立ちあがり、おれを助け起してくれた。おれはしばらく痛みがおさまるのを待ってから、寺尾と二人で、日蓮を両側から抱き起した。彼は寺尾の車に乗ってから、やっと息を吹き返した。

「これから、どうします？」と、おれは日蓮に訊《たず》ねた。

「帰りたい」と、日蓮がいった。「何とかして、帰りたい。ここは嫌いじゃ」

「あの洋服ダンスの中に入れば、帰れるんじゃありませんか?」と、おれはいった。

「歴史では」と、寺尾もいった。「あなたは小松原では死にませんよ。信者の工藤吉隆という人は討死にをし、東条景信も、その時の傷がもとで、いずれ悶死《もんし》するんだけど、あなたは大丈夫のはずです」

「さきほど、信者たちが共産党とか申しておったが、あれは何じゃの?」

「ああ、あれはハーポ・マルクスと、グルーチョ・レーニンって学者たちの始めた教義です」と、おれは説明した。

日蓮は泣きはじめた。「紅毛思想の信奉者に間違えられたのか……」

寺尾が苦笑していった。「日蓮は泣かねど、涙ひまなし——じゃなかったんですか?」

日蓮は、なおもおいおい泣き続けた。「桑田変《そうでん》じて滄海《そうかい》となる。末世とならば法《ほ》華経《けきよう》も」

ベムたちの消えた夜

聞きおぼえたばかりの英語の流行歌をいい気持で歌いながら、おれは公園の丘を登った。何故《なぜ》わざわざ遠まわりをして、公園を通り抜けて帰ろうとしたのかわからない。

草のかおりがした。黒い木立の間に、はるか下界の街の灯がちらついていた。丘の頂き近くにきて、おれは軽薄にも芝生の柵《さく》をまたぎ越し、芝生に入るべからずという小さな立て札をやけくそで蹴倒《けたお》した。そして草の上に寝そべった。芝生は猥褻《わいせつ》にも、少々湿っていた。

夜空をあおぐと、秋の星座のきらめきに混って、そこに火星があった。

「こら火星」おれは仰向《あおむ》けに寝そべったまま怒鳴った。「誰だ、火星を殺した奴《やつ》は」

ひどく酔っぱらっていた。

そうだ。おれの中の火星は死んでしまった――おれはそう思った。腹を立てていた。今日、放送局でアナウンサーからいろいろなことを訊《き》かれ、いろんなことを無理やり喋《しゃべ》らされたので、よけい腹を立てていた。出演料をぜんぶウイスキーに変えて、腹の中へ流しこんだが、腹立ちはまだおさまっていなかった。

——今日の火星第一回着陸によって、火星に動物のいないことがはっきりしましたが、ご感想は？

何故だ、何故おれにそんなことを訊く？　おれの失望が見たいのか？　こんなに宇宙開発がスピード・アップされては、われわれＳＦ作家はおまんまの食いあげですと言わせたいのか？　糞《くそ》くらえ、糞くらえ。

だいいち、そんなことは、マリーナ四号の頃からわかっていたことじゃないか。大気の密度は地球の百分の一、動物不在、植物不在、過去の文明の痕跡《こんせき》なし——そんなことはわかっている。だけど、ああ、やっぱり、糞くらえ、糞くらえ。

——さあ。感想ってべつに……。火星に動物がいなくったって、ＳＦ作家は困りませんよ。宇宙は広いんですからねえ。

ほんとうに、そうだろうか？　おれは自分に訊《たず》ねた。それは強がりではないのか？　負け惜しみではないのか？　そうだ、おれの中の軍神アレースは、今夜死んでしまったのだ。ベムたちは去っていき、モンスターたちは夜空をどこへともなく消えた。おれにとって、それが悲しくない筈《はず》はなかった。もう何年前になるのだろうか？　中学校の図書室で見つけた『宇宙戦争』を、おれは夢中になって読んだ。時間を忘れ、場所を忘れた。あの時は、自分さえ忘れていた。すでに記憶から消えつつあった月の兎《うさぎ》や、かぐや姫にかわって、新らしくおれの中には、あのタコ型火星人が、すばらしい迫力で登場した。学校からの帰途、おれは夜空に火星を見つけた。それはおれにとって新らしい火星だった。

そして数年ののち、ＳＦに読みふけるおれの前に新らしい友人が次つぎとあらわれた。彼らはすばらしい奴らだった。おれは彼ら——そのすばらしいベムたち、モンスター達に、おれの秘密を打ちあけた。そして彼らに、おれの夢を託した。ああ、おれの話し相手だった、たくましく、おどけていて、幾分気味わるく、人間なんかよりずっと人間味があり、しかも単純でいい奴だった、すばらしい友人たち。赤い星の住人たちよ。軍神とアフロディテーに生み落された大勢の親しい友、すばらしい怪物たちよ。今、彼らはどこにいるのか？

おれは上半身を起し、芝生に尻《しり》を据えたまま火星に向かって泣きわめいた。夜空にわめきちらすおれの顔はびしょ濡《ぬ》れだった。涙とよだれの垂れ流しという奴だ。青猫が月に吠《ほ》えて何とかという詩が浮かんだ。あふれる感傷に流される一方、理性の片隅では、酔っぱらいってものは汚ないものだなどと思ったりもしていた。

——ベムよ、われに還《かえ》れ。モンスターよ、どこへ行った。お前たちは今、どこにいるのだ。宇宙科学という人間たちの新らしい宗教に追い立てられ、悲しげなうしろ姿をおれに向けながら夜空を一団となって去っていったお前たち。還ってきてくれ。おれをおいて行かないでくれ。どこにいる。タコ型の怪物よ。火星の長男よ、火星人第一号よ。お前は今も弟たちといっしょにいるのか。あの、いじわるな大耳の小人たちといっしょに、そしてカンガルーに似た可愛い小さなチュウチュウなどもいっしょにいるのか。教えてくれ。

「お前たち、帰ってこい」おれは叫んだ。「あの感激と興奮といっしょに、おれの子供のころの夢を持って戻ってきてくれ」

きらめく羽根飾りのヘルメット、革の盾を腕にし、青銅の長槍《ながやり》で武装したアレースとともに、四頭の馬の曳《ひ》く戦車に乗って、夜空をとんで帰ってこい。そして地球に復権しろ。帰ってこい。返せ、もどせ。おれはわめき続けた。天頂近く、白鳥やペガサスやアンドロメダが、おれの涙の中ではじけ散っていた。

怒鳴り疲れて、おれはふたたび芝生に横たわった。いつの日か、おれの力で彼らを甦《よみがえ》らせてやる――そんなことを思いながら、少しうとうとした。


夜風の冷たさに眼ざめて顔をあげたとき、おれの眼の前の芝生の上に、銀白色の円盤型宇宙船が――おれがいつも書いている少年向きSFのさし絵でおなじみの、あの空飛ぶ円盤という奴が着陸していた。

それはおれから、二十メートルほどはなれたところにあり、それ自体の発する光で鈍く輝いていた。さしわたし十二～三メートルはありそうな、巨大な代物《しろもの》だった。

「円盤だ」おれはそう呟《つぶや》いて、よろよろと立ちあがり、ふらつく足を踏みしめながら、宇宙船に近づいた。「やあ、空飛ぶ円盤だ」まだ、酔いはさめていなかった。

円盤の底部の中心――地上から約二メートルほど浮いた部分に丸い穴が開き、梯《はし》子《ご》がおろされた。それを伝って、ほぼ地球人に近い恰好《かっこう》の生物が二匹、地上に降り立った。

「宇宙人だ」おれは手を振りながら、なおもよたよたと彼らの方へ近づいていった。

「コンバンワ、チキュウノ、オトモダチ」

声なく、おれの頭の中に彼らの挨拶《あいさつ》がとびこんできた。返事しようとして、おれは立ちどまった。それから、誰にいうともなく、ふたたび呟いた。「宇宙人だ。空飛ぶ円盤に乗って、やって来やがった」

酔いは急速にさめた。いろんな人から聞かされた宇宙人会見談が、頭の中で一挙に渦巻いた。それと同時に、その会見談に対する世間の罵詈讒謗《ばりざんぼう》が脊髄《せきずい》を駈《か》けおり、駈けのぼった。――白昼夢、麻薬的妄想、夢遊病、売名行為、虚言症、デマ、陰謀、画策。次に多くの円盤目撃談が大脳皮質に突きささった。たいていの円盤目撃者は、最初、血の凍るような恐怖に襲われている。

何故《なぜ》おれは怖くないのだろうと自問し、それは酔っているからだと自答した途端、おれの腰の蝶番《ちょうつがい》がはずれた。芝生の上に正座した。あわてて立ちあがり、逃げようとしたが、すごい恐怖が上からおれを押さえつけていて、立てなかった。声を出せば少しは恐怖も薄らぐかと思って悲鳴をあげようとして口を開くと、なさけない話だが顎《あご》がはずれた。恐慌《きょうこう》だ。顎をはずし、芝生の上でいざりながらおれは向きを変えた。両手と尻を使って柵の方へ逃げた。おれのはげしい息づかいが咽喉《のど》の奥でヒューヒュー風を切っていた。

どうしておれの身の上に、他の誰でもないこのおれの上に、こんな突拍子もない、非現実的な、たまげるべき出来ごとが降って湧《わ》いたか。おれは運命を呪《のろ》わしく思った。他の誰でもいい、おれでさえなけりゃよかったんだ。おれは恨みをこめてそう思った。こんなことはやめてくれ、誰か助けてくれ——そうも思った。

四つん這《ば》いになって鉄柵を越えると、少しは立てるようになった。立ちあがり、五、六歩あるき、うしろから奴らが追ってきているかも知れないと思ってうろたえてまた腰を抜かし、すわりこみ、あえぎ、また立ちあがり、よろめきながら、うしろを振り返ろうとしないで、おれは公園から逃げ出し、丘をおりた。

おりながら考えた。奴らはおれに挨拶した。おれも挨拶を返すべきだったろうか？　おれが挨拶を返さなかったばかりに、何か悪いことが起るのではないか？　奴らは地球人を礼儀知らずの原始的な動物と思い、地球に攻撃をしかけてくるのではないか。——いや、何が起ろうと、おれの知ったことじゃない。奴らと話しあっている暇など、おれにはない。おれはいそがしいんだ。明日は週刊ＳＦの原稿の締切日だ。連載中のスペース・オペラの第五回目を書かなくちゃいけない。あそこは原稿料もいいから、編集長を怒らせちゃまずいのだ。それに、児童ものも書かなくちゃいけない。おれには少年ＳＦファンも多いのだ。純真な彼らにとって、おれは英雄に近い存在なのだ。彼らを失望させてはいけない。

しかしながらおれは、やはり、あの円盤型宇宙船を目撃しながら、それを看過し、心の中で抹殺し、意識から追い払おうと努めることに、罪悪感を覚えないわけにはいかなかった。おれは嘆息した。

ああ、ああ、何てものを見てしまったんだ。いやいや、いやなものを目撃しちまった。おれは当分のあいだ、ひとり苦しむことになるだろう。何てことだ。ごたごたや悩みは、日常的なものだけでも、わんさとあるというのに……。その上悪いことに、この悩みは他人に打ちあけることのできない悩みだ。こんなことを他人に喋れるものか。うっかり喋ってみろ、どんなことになるか。おれは常識人であり、作家である以上は一応知識人ということになっているのだ。こんなことが喋れるはずはなかった。そうだ、さらに悪いことには、その上におれはＳＦ作家なのだ。ＳＦ作家は日常生活においてはみんな堅実で、もっとも常識人であるという宣伝が、やっとマスコミに行きわたったばかりである。こんなことを喋ったりしようものなら、ＳＦ作家が何か常識はずれのことをやらないかと鵜《う》の目鷹《たか》の目のジャーナリストたちがそらやったといって手とり足とり精神病院へかつぎこむに違いないいやそうにきまっている。仮にそれほどのことはないとしても、せっかく苦心してもぐりこんだばかりのＳＦ界からも、あいつはマスコミの人気を得ようとして売名行為をやり、嘘《うそ》をついたといわれて村八分だ。

今のは、現実じゃなかったのだ——おれはそう思いこもうとした。たとえ現実であるにしろ、口が裂けても、女房にさえ喋っちゃいけない現実だ。いやいや、そうではない。自分自身が、あれは現実ではなかったと思いこまなければならない現実だ。いや違う、現実ではないのだ。空飛ぶ円盤糞くらえ。宇宙人糞くらえ。あれは嘘だ。今のは本当ではない。

丘の麓《ふもと》の、住宅街と公園のちょうど境にある巡査派出所の赤い灯が見えてきた。それを見た途端、またおれに、責任感が湧き起ってきた。小市民的な責任感だ。

——届けなくていいのだろうか？　届けるべきではないのだろうか？

だが、どういって届けるのだ？　いきなり交番へ駈け込んで大変だたいへんだ宇宙人ですとわめき散らすのか。馬鹿《ばか》も休み休みいえ。いい加減にしろ。その時の警官の、おれを見る眼つきを想像して、おれは顫《ふる》えあがった。

届けないことに決め、派出所の前まで来て、おれはちょっと立ち止った。そして考え込んでしまった。

もしも今夜、あれと同じ宇宙船が地球上のあちこちに降下し、地球人たちとコンタクトしているとすれば……そうなれば明日は、たいへんな騒ぎになるぞ。そうだ、商売のことも考えなくてはいけない。うまく立ちまわって、災いを福に転じなくてはいけない。もし宇宙人に出会《でくわ》した連中の中にSF作家がひとり居るということになれば……そうなれば、おれは珍重され、マスコミにもてはやされることになる。名を売ることもできるというわけだ。だがそのためには、おれが今夜宇宙人に出会っていることを証明してくれる人間が、最低ひとりは必要だ。さいわい、ここの警官は、おれの顔も、おれがSF作家だということも知らない。たとえ今は気違い扱いされてもいいから、話だけはしておいた方がよさそうだ。それが後で役に立つかもしれない。また、たとえ役に立たなかったとしても、届け出だけはしたのだから、それでおれの小市民的責任感も満足することになるではないか。

おれは服についた草の葉や土を手ではらい落しながら派出所に近づき、おずおずとガラス戸をあけた。いかついい顔をした中年の警官が、高校生らしい男女を取り調べていた。おれはその取り調べが終るまで待つことにし、部屋の隅の椅子《いす》に腰をおろした。警官は取り調べに熱中していて、おれには注意を向けようとはしなかった。

「何時だと思ってるんだ」警官は眼鏡ごしに若い二人を睨《にら》みつけ、椅子の上であぐらをくんだ。「何時だか、いってみろ。ああん」

「十一時です」前髪を垂らし、セーターを着た少年が答えた。気の弱そうな少年だった。

「そうれみろ」警官は鼻息を荒くして茶をすすった。「十一時まで公園にいて、何をしてたんだ。ええ？」

「何も……していません」少年が身体《からだ》を固くしていった。

「馬鹿をいえ」警官はサディスティックな眼で二人を交互に眺めた。「何もしないで十一時まで、公園の中にいたというのか」

「そんなに遅いと思わなかったんです。時間を忘れていていて……」

「そりゃ、そうだろう」警官は、口を半開きにしてせせら笑った。

「そんなのじゃありません！」娘が叫んだ。眼尻の切れあがった、美しい娘だった。もう、少女とはいえなかった。

　警官はちらと歯を見せて彼女を睨んだ。「ほう。そんなのじゃないって、どんなのじゃないんだ？」それから、わざとうす笑いを浮かべ、好色な眼で彼女のセーターの胸のふくらみを眺めながら、テーブルの上に身をのり出した。「ああん？」彼はあきらかに、二人をいじめることに快感を覚えていた。

「あなたの想像してるような、そんな下品なことじゃありません！」彼女は上眼づかいに警官を睨み、反抗的にいった。

「馬鹿！」警官は机を叩《たた》き、頭ごなしに二人を怒鳴りつけた。おれまでが椅子の上でとびあがった。

「お、お前たちがこんな遅くまで、うう、何してるのを、親は知っとるのか、お、親は。親が見たら何と思う。男女七歳にして席を同じゅうせず……お、お前たちはいくつだ……何が下品だ、何を生意気な……え、えらそうな……」警官は怒りに顫える手でペンをとりあげ、腹立ちまぎれに怒鳴りちらした。「名前と年齢と、それから、うう、住所もいえ！　学校もだ！」

「家にいわないでください」少年は泣きそうになっていった。「すごく、うるさいんです。この人のお父さんも、すごくやかましいんです」

「お前たちには、反省の色がぜんぜん見えん」警官は勝ち誇って胸をそらし、ペン軸で机をコツコツ叩いた。「だから報告するんだ」

娘は、声をつまらせて泣き出した。口惜《くや》しそうな様子で泣いていた。しゃくりあげながら、「ひどいわ、ひどいわ」と呟いた。

警官は腹立ちで鼻の横の皮膚をひくひくと痙攣《けいれん》させながらいった。「一人前でもないくせに、やることだけは……ふん、泣いて見せたって駄目だ」警官は、彼女が泣いて見せているのは女らしい手管を使っているのだと思っているらしかった。

うどん屋の若い出前持ちが入ってきた。「毎度」

「こっちへくれ」

出前持ちは警官の前にうどんの鉢を置きながら、さっきおれが歌っていた歌を鼻で歌っていた。おれはげっそりした。

出前持ちが出て行くと、警官は箸《はし》を割り、鉢の蓋《ふた》をとった。きつねうどんの匂《にお》いがたちまち部屋中に立ちこめた。警官は鼻息荒くうどんをすすりこみながら、取り調べを続けた。

「家に知られたくないのなら、すなおに、何をしていたかいったらどうだ。ああん」

「話をしていたんです」と、少年がいった。

「どんな話だ？」

「星の話なんか、してました」

「星か。センチだというわけだな」

「僕たちは学校の、天文研究クラブ員なんです。今夜、火星ロケットが着陸したというので、火星の方を眺めて、火星の話をしていたんです」

「ふん。火星人の話か？」

「いいえ。火星には、動物なんかいません」少年は警官の無知を哀れむように微笑し、胸をそらせていった。「火星には、ほとんど窒素しかありません。しかも大気の密度は……」

警官はうどんの鉢をどんと机に置き、怒りに血走ったすごい眼で少年を睨みつけた。そのすごさには、おれでさえぞっとした。警官は静かな低い声で、唸《うな》るようにいった。「やめろ」

少年は顫えあがった。「す……すみません」

「おれを下品だといったな」警官はゆっくりと立ちあがり、机の横をまわって二人に近づいた。「その下品なことを、お前たちがやったという証拠がある」警官は娘の髪の間から、一枚の草の葉をつまみ出し、それを娘の鼻さきへ押しつけるようにしていった。「どうしてこんなものが、ついてるんだ？」

「寝そべって星を見てたんです！」娘は悲鳴まじりに叫んだ。

「ようし、よくいった。寝てたんだな？　どうしてそれを早くいわなかった？」

「星を見てただけなんです！」少年も叫んだ。

「お前らのいうことを信用できるか。わしをごまかそうなんて……。星を見てた、寝そべってな。よろしい。それから何をした？」

「本当です。何もしていません」

警官は椅子に戻り、うどんの残りを食べはじめた。食べながらいった。「とにかく、親に報告だけはするぞ。異性との不純交遊だ。それに違いあるまい。ああん？」

娘が吐き出すようにいった。「大人って不潔だわ」

警官は、すすりこんでいた汁を違う穴へ入れてむせ返り、うどんを鼻から出した。くしゃみを四回続け、鉢を押しのけると、顫える手でペンを握った。「さっさというんだ！　名前は！　住所は！」

少年と娘は、ぼそぼそと答えた。警官は眼を光らせてメモした。彼は憎悪《ぞうお》に燃えていた。

「よし、明日、親に会いに行く。もう帰れ！」

少年たちは、出て行く時、ガラス戸を閉めなかった。警官は舌打ちして立ちあがり、ガラス戸を力まかせに閉めて指をはさみ、糞《くそ》といって戸を蹴《け》とばし、びっこをひきながら椅子に戻った。

「近頃の若い奴《やつ》あ……」

彼は腕組みして眼を閉じ、しばらく息をととのえていた。

やがて、おれの方を見た。「あなたは、何の用です？」

おれは上衣《うわぎ》の内ポケットから札入れを出し、彼に見せた。

「ありました」そして彼にうなずいて見せた。「落したと思って来たけど、ここにありました」

彼は冷淡にいった。「そりゃ、よかった」

「どうも」

おれはゆっくり立ちあがり、派出所を出た。

早く帰ろう——おれはそう思った。家では女房が待っている。腹の大きい女房だ。おれは女の子が生まれればいいなと思っている。女の子が生まれれば、華子と名づけるつもりだ。おれは本当は、星子と名づけたいのだが、女房の父親が、どうしても華子にしろというので、そうすることにしたのだ。

解説

横田順彌

正直いって、ぼくはこの本の解説を書く人間としては、適任者でないと思う。

――と、いきなり、こんな書きかたをすると、読者諸兄姉は、「なんということをいうやつだ。解説のページで、その解説を書くのが適任でないとは、どういうことだ。それがわかっているのなら、はじめから引き受けなければいいのだ。引き受けておいて、適任でないなどというのは、筒井さんにもわれわれにも、ずいぶん失礼な話ではないか!!」と、腹をたてられることだろう。

まったく、そのとおりなのだ。ぼく自身、それは充分に承知している。しかし、最初の段階で断わることはできなかった。なぜなら、編集部氏より、「解説をおねがいしたい」といわれた時、ぼくは自分がこの仕事に不適任であるなどとは思ってもいなかった。それどころか、筒井さんの本の解説を書くチャンスを与えられたことを、およろこびし、ああも書こう、こうも書こうと、浮き浮きしていた。断わるなんて考えは、これっぽっちもありはしなかった。

ところが、いざ、原稿用紙に向かってみて焦《あせ》った。まるで、筆が進まない。どういう書きかたをしても、うまくいかないのだ。

なぜだろう？　ほかのところにも書いたことがあるから、ごぞんじのかたもあると思うが、いま、ぼくが書いているハチャハチャというジャンルのＳＦは、筒井さんのＳＦにたいへんな影響を受けている。だから、ぼくが筒井さんの作品集の解説を書けないはずがない、そう考えて首をひねっていた。

だが、そのうちに、はたと思いあたった。この考えは逆なのだ。ぼくは、あまりに筒井さんに影響を受けすぎてしまっているために、解説という客観的なものの見かたを多分に必要とする文章が、書けなくなってしまっていることに気がついたのだ。

冒頭で、この本の解説を書く人間としては、適任者ではないと思う。といったのは、こういうことなのだ。

さて、それでは、ぼくが解説を書くのが適任でないとなると、どうすればいいか!?　最良の方法は、やはり、いまからでも遅くないから辞退することなのだが、それはしたくない。

ぼくは筒井さんについて書きたいことがある。それは、解説という文章にはあててはまらないけれど、書きたいことがあるのだ。

解説のページに解説でないことを書く、これは、どう考えてもおかしい。考えなくてもおかしい。けれど、書いてしまおう。どうせ、ぼくは、ハチャハチャSF作家だ。読者の非難の声には、もう慣れっこになっている。


で、ここまで開き直って、なにが書きたいかというと、筒井さんに対するぼくの個人的な立場からの、お礼のことばを申しのべたいのだ。

いまでこそ、ぼくはプロだの作家だのといわれているが、十年ばかり前までは、一介のSFファンにすぎなかった。同人誌にチャラチャラした雑文や小説もどきの文章を書いていた。むろん、プロになれるなどとは考えてもいなかった。

そんな、ある日、筒井さんの長篇『霊長類南へ』を読んだぼくの目から、ぽろりとうろこがはがれ落ちた。（なるほど、おもしろいSFとは、こうやって書くのか!!）。すぐに、『霊長類南へ』と同じ核戦争テーマのシリアスな短篇を書いて、同人誌に載せた。すると、これが商業誌の目に止まり、半年後に転載されて、実質上のデビュー作となった。

ところが、この後、ぼくのシリアス作品は、すべてボツになった。もう、SFを書くのはやめようと思った時、ふと頭に浮かんだのが、筒井さんの一連のスラップスティックな作品群だった。

（ぼくにも、あんな小説が書けないだろうか？）。挑戦してみた。筒井さんの世界には、とうていおよばなかった。けれど、それなりにおかしな小説ができあがった。この小説が、後にハチャハチャSFと呼ばれることになる最初の作品で、これがきっかけになり、いくつかの注文がくるようになった。

ごぞんじのように、ハチャハチャSFというのは、スラップスティックやドタバタSFをとおりぬけた悪ふざけといってもいい、めちゃくちゃなSFだ。ふつうなら、こんなSFが、一般に受け入れられるわけはない。それが、受け入れられたのは、いうまでもなく筒井さんの力による。筒井さんがスラップスティックのSFという、世界にもあまり類を見ないジャンルを切り拓《ひら》いてくれていたからにほかならない。ぼくは筒井さんが、あらゆる世の中の偏見と戦いながら、汗水流して作りあげた道路の脇《わき》から、ほんの一メートルばかりの横道を作って、ちゃっかり自分の道にしてしまったのだ。筒井さんなしでは、ぼくのハチャハチャSFは生まれていなかったことは断言していい。

だが、やはり、天はぼくの、この調子のいい行為を許さなかった。一、二年も、このハチャハチャSFを書いていると、マンネリとアイデア不足におちいり、どうにもこうにも身動きがとれなくなってきた。当時のぼくは作家としてフルタイムの生活をしていたのではなく、友人と小さな会社を経営していたのだが、悪い時には悪いことが重なるもので、こちらの経営状態も非常によろしくない。胃のキリキリと痛む日が続いた。

「会社が危なくて、頭が痛く、原稿もうまく書けません」。こんな弱気なことばを漏らしたぼくに、筒井さんは一通の手紙をくれた。――会社が潰《つぶ》れそうなら、その経過を克明に記録しておくといいです。こんな、おもしろいドラマに巡りあうチャンスはめったにないのだから、あとで、必ず小説に使えますよ――。こんな意味の文面を読んだぼくは、おどりあがった。

目から、今度は一枚どころではなく、三枚も四枚もうろこが、ぱらぱらと音をたててはがれ落ちた。プロの作家の目というものが、どういうものであるかということが、この時、はじめてわかったような気がした。

結局、会社はだめになってしまったが、ぼくはこの筒井さんのことばで作家として立ち直ることができ、今日に至っている。あの時、筒井さんから、手紙をいただいていなかったら、いまのぼくはなかったろう。

ぼくは、筒井さんによって、作家としてのデビューをし、筒井さんによって、ハチャハチャSF作家の呼び名をもらい、筒井さんによって、今日まで作家として生きながらえてきた。

人生はやりなおせないのだから、「もし」ということは、あまり考えても意味がないのかもしれないが、もし、筒井さんがSF界に存在していなかったら、少なくとも、現在の姿でのぼくはあり得ないのだ。これは、たしかなことだ。ぼくにとって、筒井さんの存在が、いかに大きなものであるか、わかっていただけることと思う。

これで、読者諸兄姉には、ぼくが、解説を書くことはできないけれども、どうしても書きたいことがあるといった理由をご理解いただけ、おゆるしいただけるのではないかと思うのだが、だめだろうか？　どうしても、だめといわれるかたには、「でも、いくらだめといっても、こう書いてしまったものは、しかたないじゃないですか」と、ふたたび、開き直ってしまうのだから、同じことではあるのだけれど……。

本書『笑うな』は、筒井さんの数少ないショート・ショート集の一冊。ショート・ショートであるからして、個々の作品に触れることはしないが、いずれも筒井さんが、長・短篇を書く時と、まったく同じ全力投球をして書きあげた作品で、あたりまえのことではあるが、一作として気のぬけた作品はない。数が多くないため、ショート・ショート集は見逃されがちだが、これも、また、筒井さんの代表的作品集のひとつといって過言ではないだろう。

「こんな短い物語なのに、なぜ、こんなにおもしろいのか?」。さぞかし、この本を読んだ読者諸兄姉は、首をひねることであろう。

しかしながら、もし万一、この作品集がおもしろくないという人があったら、それはだれのせいでもない。あなた自身が悪いのだ。反省してもらいたい。この本を読んでおもしろくない人間なんて、この世にいるはずはないのだから。

(昭和五十五年九月、作家)

この作品は昭和五十年九月徳間書店より刊行された。

筒井康隆著

狂気の沙汰も金次第

独自のアイディアと乾いた笑いで、狂気と幻想に満ちたユニークな世界を創造する著者のエッセイ集。すべて山藤章二のイラスト入り。

筒井康隆著

おれに関する噂

テレビが、だしぬけにおれのことを喋りはじめた。続いて新聞が、週刊誌が、おれの噂を書きたてる。あなたを狂気の世界へ誘う11編。

筒井康隆著

家族八景

テレパシーをもって、目の前の人の心を全て読みとってしまう七瀬が、お手伝いさんとして入り込む家庭の茶の間の虚偽を抉り出す。

筒井康隆著

七瀬ふたたび

旅に出たテレパス七瀬。さまざまな超能力者とめぐりあった彼女は、彼らを抹殺しようと企む暗黒組織と血みどろの死闘を展開する！

筒井康隆著

エディプスの恋人

ある日、少年の頭上でボールが割れた。強い〝意志〟の力に守られた少年の謎を探るうち、テレパス七瀬は、いつしか少年を愛していた。

筒井康隆著

ヨッパ谷への降下
—自選ファンタジー傑作集—

乳白色に張りめぐらされたヨッパグモの巣を降下する表題作の他、夢幻の異空間へ読者を誘う天才・筒井の魔術的傑作短編12編。

筒井康隆著

モナドの領域

毎日芸術賞受賞

河川敷で発見された片腕、不穏なベーカリー、全知全能の創造主を自称する老教授。著者がその叡智のかぎりを注ぎ込んだ歴史的傑作。

筒井康隆著

世界はゴ冗談

異常事態の連続を描く表題作、午後四時半を征伐に向かった男が国家プロジェクトに巻き込まれる「奔馬菌」等、狂気が疾走する10編。

筒井康隆著

銀齢の果て

70歳以上の国民に殺し合いさせる「老人相互《シルバー・》処刑制度《バトル》」が始まった！　長生きは悪か？「禁断の問い」をめぐる老人文学の金字塔。

小松左京著

やぶれかぶれ青春記・大阪万博奮闘記

日本SF界の巨匠は、若き日には漫画家としてデビュー、大阪万博ではブレーンとしても活躍した。そのエネルギッシュな日々が甦る。

星新一著

ほら男爵現代の冒険

〝ほら男爵〟の異名を祖先にもつミュンヒハウゼン男爵の冒険。懐かしい童話の世界に、現代人の夢と願望を託した楽しい現代の寓話。

星新一著

ボンボンと悪夢

ふしぎな魔力をもった椅子……。平和な地球に出現した黄金色の物体……。宇宙に、未来に、現代に描かれるショート・ショート36編。

新潮文庫最新刊

朝吹真理子著
TIMELESS
お互い恋愛感情をもたないうみとアミ。ふたりは〝交配〟のため、結婚をした——。今を生きる人びとの心の縁《よすが》となる、圧巻の長編。

安部公房著
飛ぶ男
安部公房の遺作が待望の文庫化！　飛ぶ男の出現、2発の銃弾、男性不信の女、妙な癖をもつ中学教師。鬼才が最期に創造した世界。

西村京太郎著
土佐くろしお鉄道殺人事件
宿毛へ走る特急「あしずり九号」で起きたコロナ担当大臣の毒殺事件を発端に続発する事件。しかし、容疑者には完璧なアリバイがあった。

紺野天龍著
幽世《かくりよ》の薬剤師6
感染怪異「幽世の薬師」となった空洞淵は金糸雀を救う薬を処方するが……。現役薬剤師が描く異世界×医療×ファンタジー、第1部完。

J・パブリッツ
宮脇裕子訳
わたしの名前を消さないで
殺された少女と発見者の女性。交わりえないはずの二人の孤独な日々を死んだ少女の視点から描く、深遠なサスペンス・ストーリー。

浅倉秋成・大前粟生
新名智・結城真一郎
佐原ひかり・石田夏穂
杉井光著
嘘があふれた世界で
嘘があふれた世界で、画面の向こうにいる特別なあなたへ。最注目作家7名が〝今を生きる私たち〟を切り取る競作アンソロジー！

新潮文庫最新刊

金原ひとみ著
アンソーシャル ディスタンス
谷崎潤一郎賞受賞

整形、不倫、アルコール、激辛料理……。絶望の果てに摑んだ「希望」に縋り、疾走する女性たちの人生を描く、鮮烈な短編集。

梶よう子著
広重ぶるう
新田次郎文学賞受賞

武家の出自ながらも絵師を志し、北斎と張り合い、やがて日本を代表する〈名所絵師〉となった広重の、涙と人情と意地の人生。

千葉雅也著
オーバーヒート
川端康成文学賞受賞

大阪に移住した「僕」と同性の年下の恋人。穏やかな距離がもたらす思慕。かけがえのない日々を描く傑作恋愛小説。芥川賞候補作。

カツセマサヒコ・山内マリコ
恩田陸・早見和真
結城光流・三川みり
二宮敦人・朱野帰子 著
もふもふ
―犬猫まみれの短編集―

犬と猫、どっちが好き？　どっちも好き！　笑いあり、ホラーあり、涙あり、ミステリーあり。犬派も猫派も大満足な8つの短編集。

大塚已愛著
友喰い
―鬼食役人のあやかし退治帖―

富士の麓で治安を守る山廻役人。真の任務は山に棲むあやかしを退治すること！　人喰いと生贄の役人バディが暗躍する伝奇エンタメ。

森美樹著
母親病

母が急死した。有毒植物が体内から検出されたという。戸惑う娘・珠美子は、実家で若い男と出くわし……。母娘の愛憎を描く連作集。

笑《わら》うな

新潮文庫 つ－4－11

昭和五十五年十月二十五日 発行
平成十四年十月二十五日 五十四刷改版
令和六年三月二十日 七十五刷

著者 筒《つつ》井《い》康《やす》隆《たか》
発行者 佐藤隆信
発行所 株式会社 新潮社
郵便番号 一六二―八七一一
東京都新宿区矢来町七一
電話 編集部(〇三)三二六六―五四四〇
読者係(〇三)三二六六―五一一一
https://www.shinchosha.co.jp

価格はカバーに表示してあります。

乱丁・落丁本は、ご面倒ですが小社読者係宛ご送付ください。送料小社負担にてお取替えいたします。

印刷・大日本印刷株式会社 製本・加藤製本株式会社

ISBN978-4-10-117111-1 C0193